KB015773

세계 곳곳을 다니면서 마셔본
술과 인생 이야기

개와 술

초판 1쇄 발행일 2022년 1월 1일

지은이 쑬딴

펴낸이 김영경

편집 김미현
디자인 네오이크
삽화 문병희(@peacefulmoon5)
표지 김수우
제작 제일프린테크

펴낸곳 쑬딴스북
출판등록 제2021-000088호(2021년 6월 22일)
주소 경기도 파주시 탄현면 헤이리마을길 21-7
이메일 fuha22@naver.com
블로그 http://blog.naver.com/fuha22
인스타그램 @sultans_book_cafe

ISBN 979-11-976974-0-1(03800)

세계 곳곳을 다니면서 마셔본
술과 인생 이야기

그 나라 술

쑬딴 지음

쑬딴스북

목 차

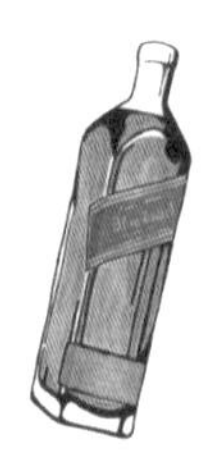

들어가며

스위스 제네바에 간 적이 있다. 출장길이었는데 일정이 조금 일찍 끝나서 제네바 시내를 둘러보고 있었다. 제네바에 '레만호수'라는 큰 호수가 있는데 호수와 강, 산이 잘 어우러져 보자마자 감탄사가 저절로 나오는 곳이다. 나는 호숫가를 둘러보며 유럽의 한적한 오후를 누리고 있었다.

그때, 내 눈에 들어온 광경이 하나 있었다. 마치 누군가 찍어 놓은 사진을 보는 것처럼 나의 눈을 한순간 사로잡았다. 4~5살 정도 보이는 여자아이와 넥타이를 맨 아빠가 호숫가에 함께 앉아 아이스크림을 먹는 풍경이었다. 아빠는 셔츠 소매를 2단 정도 접어 올렸고, 아이는 아빠 옆에 앉아서 아이스크림을 먹으며 재잘거리고 있었다. 그때 시간이 아마 오후 4시경이었던 것으로 기억된다.

만약 한국이었다면 어땠을까? 대부분 그 시간에 아빠와 아이가 함께 있기는 어려울 것이다. 아빠가 놀고 있지 않은 이상. 아마 휴직 중인 아빠라도 한국에서는 저렇게 여유롭게 아이와 보내고 있기가 쉽지 않을 거라는 생각이 들었다. 나는 그 순간 전기에 온몸이 감전된 것처럼 짜릿한 충격을 받았다. 바로 저런 모습이 우리가 늘 원하던 삶이 아닐까 하는 생각이 들었기 때문이다.

저렇게 살고 싶다! 가족과 함께 하는 삶.

앞으로 나와 우리 가족을 위해 함께 공유하는 삶을 살아야겠다!

그날의 짜릿한 기억을 가슴에 담아둔 나는 2019년부터 그런 삶을 조금씩 실천하고 있다. 아내와 강아지, 그리고 좋아하는 술과 함께. 그리고 그렇게 사는 이야기를 책을 통해 사람들과 공유하기로 마음먹었다.

첫 번째 책은 2020년 2월에 나왔다. 바로 불후의 명저(?) 『대기업 때려치우고 동네 북카페 차렸습니다』이다. 나는 그

책에 매년 책을 내겠다는 엄청난 약속을 해버렸다. 물론 아무도 신경 쓰지 않겠지만, 나와의 약속이니 가능하면 지키려고 노력 중이다.

그래서 준비한 두 번째 책이 바로 『개와 술』이다. 나와 함께 살고 있는 탄이(골든 레트리버 3살, 남아)와 내가 좋아하는 술 이야기를 담았다.

내가 전 세계를 다니며 마신 술과 그 술에 얽힌 이야기라고 할 수 있다. 술을 마시면 작은 용기가 생기는 것처럼 이 책을 통해 다른 사람들도 작은 위로와 용기를 얻어갔으면 좋겠다. 인생은 생각보다 유쾌하고, 아직 살만하다고 느꼈으면 좋겠다.

참고로 이 책에는 나와 아내(이하 김여사로 지칭), 탄이(우리 강아지), 그리고 전 세계를 다니며 만났던 수많은 삶의 주인공들이 출연한다.

많은 작가들이 서문에 '사랑하는 가족' 이야기를 왜 적는지 궁금했었는데, 두 번째 책을 내려고 보니 아내에게 사랑한다고 표현하는 것이 신상에 이롭다는 것을 깨닫게 되었다.

김여사와 탄이를 사랑하는 마음을 담아서,

그리고 이 시대의 모든 애주가 여러분들의 멋진 인생을 위해서 건배!

01

대형견을 반드시 키워야 하는 이유

책방에서 강연할 때 어느 분이 이런 질문을 했다.

"술을 그렇게 많이 드시면 건강 관리를 어떻게 하세요?"

"오~ 좋은 질문입니다. 제가 구할 수 있는 간 건강보조제 중에 가장 좋은 걸 먹습니다. 다만 주의할 점이 있는데, 제가 보통 저녁에 맥주 1통(1.6리터) 정도를 마시는데 간 보조제를 먹으면 맥주 한 통을 더 먹습니다."

건강 관리를 위해서 한 가지 더 좋은 방법을 추천한다. 대형견을 키우면 된다. 골든 레트리버(탄이, 3살, 남아) 견종은 산책을 자주 해줘야 한다. 하루에 최소 두 번, 한 시간씩 땀이 날 정도로! 내가 하는 말이 아니라 강아지 백과사전에 나오는 이야기이다.

물론 생각만큼 실행하기가 쉽지 않다. 내가 국가대표 선수도 아니고, 어떻게 하루 2시간씩 매일 땀 날 정도로 다닐 수 있겠는가! 탄이에게는 미안하지만, 자기 전에 산책 정도만 최선을 다해 열심히 한다. 매일 4~5km 정도, 약 9천 보 정도를 걷는다. 술을 마시거나 안 마시거나 무조건 나가야 한다.

그런데 술 마시고 나가면 더 효과적이다. 술도 깨고 운동도 되고, 탄이는 꿀잠 자고. 그런데 이 역시 단점이 있다. 산책 후에 술이 깨니 술이 또 당긴다. 더 마시면 김여사에게 폭풍 잔소리를 듣거나 두들겨 맞을 수 있기 때문에 눈치 봐가면서 마셔야 한다. 하지만 나도 가끔은 김여사에게 강력하게 투쟁한다.

"난 마시고 싶다! 격렬하게 더 마시고 싶다!"

이 글을 빌어 죄송한 이야기를 하나 해야겠다. 맥주 마시고 산책을 나가면 엄청나게 화장실을 자주 찾게 된다. 주변에 화장실이 아예 안 보이거나, 있더라도 문이 잠겨 있으면 나로서도 어쩔 수 없다. 그렇다. 가끔 노상 방뇨를 한다. 정말 죄송하다. 그래도 최대한 은밀하고 피해가 가지 않는 곳을 찾으려고 노력한다. 다행히 이제는 산책길에 어느 화장실이 열려있고, 화장실 비번이 무엇인지 알 정도가 되었다. 더 이상 노상 방뇨는 하지 않는다.

강아지를 키우면 또 한 가지 좋은 점은 낯선 동네 주민들과 쉽게 친해질 수 있다는 것이다. 특히 레트리버에 애정을 많이 가진 분을 만나거나, 그 집 강아지가 탄이를 매우 좋아하는 경우라면 순식간에 친해진다. 반려동물은 사람과 사람의 연결고리가 된다.

물론 가끔은 기분을 망쳐서 들어오는 경우도 있다. 한번은 만취가 되어 집에서 쓰러져 자고 있을 때 김여사와 탄이만 밤에 산책을 나간 적이 있다. 그런데 산책 중에 공원 벤치에 앉아 있던 술에 취한 남자가 탄이와 김여사에게 큰소리로 욕을 하며 시비를 걸었다고 한다. 다행히 못들은 체하며 빠르게 지나갔지만 대꾸가 없자 더 크게 소리를 질렀다고 한다. 아마 내가 함께 산책 중이었다면 그 정도로 무섭고 거칠게 말하지는 않았을 것이다. 우리 사회에는 아직 여자와 강아지에게 함부로 하려는 사람들이 너무 많다.

가끔 어떤 분은 “대형견 키우면 참 든든하시겠어요?”라고 막연하게 물어보기도 한다. 하지만 레트리버의 경우라면 기대하지 마시라. 아쉽게도 레트리버는 아니, 적어도 우리 탄이는 전혀 그렇지 않다. 겨울에 김여사가 탄이 데리고 나갔다가 미끄러져서 땅에 넘어진 적이 있었는데, 탄이는 김여사를 걱정해서 달려오기는커녕 쓰레기통에 머리를 처박고 있었다고 한다. 당시 김여사는 아픈 것보다 탄이한테 서운해서 울 뻔했다고 말했다. 이런 부분만 제외한다면, 대형견과 함께 살기를 적극 추천한다. 건강도 챙기고, 마인드 컨트롤도 잘하게 될 것이다.

단, 한가지는 꼭 기억하시길 바란다! 인생이 바뀔 마음의 준비를 해야 한다. 좋은 말로 ‘터닝포인트’, 나쁜 말로 ‘돌아올 수 없는 강’을 건너게 될 것이다. 대형견을 키우면 나의 삶이 바뀐다. 인생 한 번 바꿔 보고 싶으시면 꼭 시도해 보길 바란다. 함께 살게 되는 순간 되돌아가기 버튼이 없으니 부디 신중하고 또 신중하시길!

02

싸까라 맥주 마시면
나일강의 전설이 현실이 된다

1999년 세기말의 일이다. 20세기 마지막 해라고 온 지구가 떠들썩했다. 누군가는 지구가 멸망할 거라는 공포에 휩싸였고, 누군가는 새로운 미래 세상이 펼쳐질 것이라고 기대했다. 내가 어릴 때는 2000년이 시작되면 우주선을 자동차처럼 타고 다니고, 로봇이 내 숙제도 모두 대신해줄 것이라고 상상했었다. 하지만 그런 세상은 생각보다 빨리 오지 않았다. 그럼에도 불구하고 사람들은 2000년이 되면 새로운 세상이 시작될 것처럼 잔뜩 들떠 있었다.

나도 왠지 색다른 추억을 남겨야만 할 것 같았다. 그래서 2000년을 어떻게 맞이할지 고민하다가 이집트로 떠났다. 2000년 1월 1일 0시, 이집트 카이로 피라미드 앞에서 레이저

쇼를 한다고 했다. 와~ 멋지겠군! 21세기를 레이저쇼를 보면서 시작하고 싶었다. 그래서 떠났다. 단기 어학연수를 핑계 삼아 학교 선후배들과 함께.

카이로에 숙소를 잡고 카이로 대학교 어학연수 프로그램에 등록했다. 그 학교에 '바쌈Bassam'이라는 글쓰기 선생님이 있었다. 아랍어는 어떻게 쓰느냐에 따라 글의 모양이 많이 달라지기 때문에 우리나라 서예처럼 글을 어떻게 쓰는지 배우는 '글쓰기' 과목이 따로 있다.

나는 특히 바쌈 선생님의 글쓰기 수업을 좋아했다. 수업이 재미있어서는 아니었다. 글쓰기에 대한 수업은 10% 정도만 하고 주로 한국 학생들에게 수업 끝나고 차 마시러 가자고 하거나, 카이로 구경을 시켜준다는 등 수업 외적인 것에 더 집중하던 선생님이었다.

나는 수업보다는 현지 대학교 교정을 자주 어슬렁거리며 다녔다. 현지 여학생들에게 카이로 구경을 시켜달라거나 한국어에 관심이 있으면 적극적으로 알려주겠다며, 사실상 젯밥에 더 관심이 많았다. 그런 점이 바쌈 선생님과 내가 더욱 친해지게 된 강력한 동기가 되었던 것 같다.

어느 날 저녁, 우리 연수생 숙소에 누군가 문을 두드렸다. 저녁 시간에는 올 사람이 없어서 모두 이상하게 생각했다. 긴장하며 문을 열어보니 바쌈 선생님이었다. 원래도 얼굴이 조금 붉은 편이었는데 그날 저녁에는 더 붉어진 얼굴로 문 앞에 서 있었다. 혹시나 했는데 역시나! 술 냄새가 진동했다.

"어! 바쌈. 하비비.(아랍어로 '내 사랑' 이란 뜻이지만 보통 친한 친구들끼리의 호칭으로 많이 사용한다) 웬일이야?"

무슬림(이슬람을 믿는 교인)은 술과 돼지고기를 먹지 않는다. 그런데 바쌈 선생님이 술을 마신 것이다. 나는 조금 걱정이 되었다.

"쏠딴, 나랑 이야기 좀 할 수 있을까?"

바쌈은 대화할 사람이 필요했던 것이다. 어느 나라나 사람 사는 것은 비슷하다. 무슬림이 술을 마셨으니 아마도 가족이나 가까운 지인에게 가기는 힘들었을 것이다. 이럴 때는 술을 마셔도 이해해줄 외국인이 더 편하게 느껴져서 나를 찾아온 것이다.

바쌈을 안으로 들어오게 했다. 그리고 냉장고에서 싸까라

Sakara(아랍어로 '바위'라는 뜻)맥주를 꺼내 주었다. 이집트는 인류 최초로 맥주를 만들어 마신 민족이다. 내가 이집트에 있었을 때 두 종류의 맥주가 있었는데 그중 하나가 싸까라 맥주였다. 라거Lager 타입의 맥주인데 청량감과 가벼운light 느낌이 마시기에 좋다.

우리는 싸까라 몇 병을 꺼내 탁자에 마주 앉았다. 바쌈 선생님은 잠시 후 고백하듯이 말을 꺼냈다.

"오늘 여자친구와 헤어졌어. 헤어지고 오는 길인데 너무 가슴이 아프고 힘들어."

아이고, 이를 어째! 바쌈은 이별의 아픔을 달래 보려고 위스키를 마셨다고 했다. 전 세계 어디서나 사랑과 이별이 문제구나. 안타깝다. 그래도 무슬림인데 술 마시면 안 되는 거 아닌가? 아니다. 마셔라, 마셔! 이럴 때 마시라고 술이 존재하는 거지. 이런 경우에는 알라(아랍어로 '신神')도 이해해주시지 않을까?

바쌈은 이집트 최고 대학인 카이로 대학교의 아랍어 서체 선생님이다. 당시 카이로 대학은 무슬림이 아니면 교수가 될 수 없다. 그런 선생님이 얼마나 마음이 아팠으면 술을 다 마셨겠는가. 나에게 싸까라의 첫 추억은 무슬림의 가슴 아픈 이별주이다.

두 번째 싸까라 맥주의 추억은 나일강에서 만들어졌다. 연수 중에 짧은 휴가 기간이 있었다. 어학연수를 함께 간 선후배들과 어디로 갈지 고민을 하다가 나일강 유람을 가기로 했다. 나일강에 배를 띄워두고 술을 마시며 카이로의 야경을 보면 최고의 추억이 될 것 같았다.

우리는 배를 빌려서 싸까라 맥주 몇 박스 싣고 나일강에 유유히 배를 띄웠다. 배에서는 이집트 특유의 노래(노래 가사 대부분이 하비비, 하비비이다)가 흘러나왔다. 현지 뱃사공이 춤을 추고 노래를 하자, 우리도 따라서 춤을 추고 노래했다. 나는 흥에 취해 무진장 마셔댔다.

하늘에는 카이로의 달이 떠 있고, 나일강 위에는 또 하나의 달이 떠 있었다. 그리고 마주 앉은 그녀의 눈동자에도 달이 떠 있었다. 술에 취한 건지, 달에 취한 건지, 그녀에게 취한 건지, 나는 그날 많이 취했다. 아마 배에 누워서 잠이 들었던 것 같다.

다음 날 아침, 내 숙소로 여자 후배 둘이 찾아왔다. 그것도 심각한 표정으로. 숙취로 아직 정신이 돌아오지 않아 비몽사몽이었지만 뭔가 이상한 느낌이 들었다. 갑자기 후배

한 명이 울기 시작했다. 나는 몹시 당황했다.

"뭐야? 무슨 일이야?"

"오빠 어제 일, 생각 안 나세요?"

"어? 무슨 일? 내가 뭐 잘못했어?"

너무 놀라서 순식간에 숙취가 사라졌다. 무슨 일이 있었던 걸까? 후배 한 명은 계속 울고, 옆에 있던 후배는 우는 아이를 다독여 주고, 나는 부스스한 모습으로 침대에 어정쩡하게 앉아 있고. 그 모습만 보면 그야말로 막장 드라마의 한 장면이었다.

도대체 무슨 상황이지? 어제 무슨 일이 일어난 거지? 설마 내가 취해서 하지 말아야 할 큰 실수를 한 걸까? 혼자서 온갖 생각이 다 들었다. 쉽게 말을 꺼내지도 못하고 안절부절 못하고 있는데 갑자기 울고 있던 후배가 까르르 웃음을 터트렸다. 후배 두 명은 재미있다는 듯이 신나게 웃고 있었지만 나는 무슨 일인가 싶었다.

그때 방문이 열리더니 또 다른 후배 두 명이 들이닥치면서 마구 웃었다. 이 상황은 또 뭐지? 그렇다. 후배들이 장난을 친 것이었다. 어제 내가 너무 취해서 데리고 오느라 굉장히 고생했다고 한다. 그것에 대한 복수였다. 나 하나 놀려주려고 모두가 작전을 짜고 연기를 한 것이다. 그제야 안도의 한숨을 쉬었다. 정말 십년감수했다. 그러면 그렇지. 내가 아무리 취해도 실수할 리가 없어!

그런데 그날 나일강에서 진짜 큰일이 있기는 있었다. 연수를 같이 갔던 후배 중에 평소 관심 있게 보던 여자 후배 한 명이 있었다. 나일강의 달빛이 아름다웠던 그 밤, 나는 그녀에게 고백했다.

"나일강의 전설이 하나 있는데, 나일강 앞에서 키스하면 사랑이 이뤄진대."

나일강이 보이는 벤치에서 나는 그 여자 후배에게 짧은 키스를 했다. 그녀도 나의 고백을 순순히 받아주었다. 정말 나일강의 전설이 이루어진다고 믿고 있었다. 그러나! 한참 후에 알았다. 그녀가 그날 내 고백을 그렇게 빨리 수락한 이유가 따로 있었다는 것을.

당시 나일강 유람을 다녀와서 그녀는 화장실이 너무 급했다고 한다. 그런데 선배 한 명이(바로 나다) 붉어진 얼굴로 심각하게 잠깐 나와보라고 한 것이다. 그 모습이 너무 진지해서 차마 거절하지 못하고 그녀는 나를 따라 나왔다. 그런데 문제는 짧게 끝날 줄 알았던 대화가 점점 길어진 것이다. 나일강의 전설이 어쩌고저쩌고 나의 말은 점점 장황해졌다고 한다.

화장실이 점점 급해진 후배는 어쩔 수 없이 냅다 사귀자고 수락한 후에 화장실로 달려갔다. 역시 역사는 왜곡과 진실의 경계선이 애매하다. 그러면 어떤가! 결국 우리는 그날 이후 한동안 연인으로 지냈다.

누군가와 만남을 시작할 때는 꼭 사랑이 필요한 건 아니다. 가끔은 화장실 가고 싶은 걸 붙잡고 있으면 이루어질 수도 있다. 내가 그랬으니까. 역시나 이집트 싸까라 맥주의 위력은 대단하다. 아름다운 인연까지 만들어주니 말이다.

이집트 싸까라 맥주는 이집트 올리브와 함께 마시면 최고다. 거품을 입술에 묻혀 마시면 더 맛있다. 혹시 이집트에 가게 되면 꼭 마셔보길 바란다. 그리고 나일강 앞에서 꼭 키스하고 오시길! 나일강의 전설이 현실이 될 것이다.

SAKARA
GOLD
MOON

03

독일에서 예거마이스터로 폭탄주 만들기

독일을 자주 다녔다. 쾰른이라는 도시에서 매년 제과 전시회가 있었기 때문이다. 전 세계 모든 과자 회사들이 그 전시에 온다. 책방을 하기 전에 나는 16년 동안 국내 유명 제과 회사에 다녔다. 내가 다녔던 회사도 이 전시회에 매년 참가했는데, 우리 회사는 한국과 일본 두 곳에 회사가 있어서 양쪽 직원들이 모두 참석했었다.

전시장에 회사 부스를 만들어 온갖 과자 제품들을 전시하고, 전 세계 바이어들과 상담을 하는 것이 주요 출장 일정이다. 전시회 일정 이후는 온전히 각자의 시간이다. 전시회는 보통 오후 5시경이면 끝난다.

전시회가 열리던 2월의 독일은 매우 추웠다. 이럴 때는 한 잔 마셔야 한다. 몸을 데워야 하니까. 나는 회사 후배들에게 이렇게 고단한 출장 업무를 잘 수행하기 위해서는 몸을 따뜻하게 해서 건강을 챙겨야 하니 술을 마시러 가자고 말했다. 후배 둘은 그 말에 선뜻 동의하긴 어렵다는 눈빛이었으나, 선배의 제안을 거절할 수는 없었을 것이다. 우리는 숙소 근처 술집을 찾아갔다.

독일은 맥주가 유명한 만큼 지역마다 대표하는 맥주가 있다. 쾰른에는 '쾰시Kolsch'라는 맥주가 있는데 이 맥주 맛이 기가 막힌다. 뭐랄까? 한 모금을 마시게 되면 우선 홉Hop의 풍미가 터지면서 혀를 타고 지나가다가 목으로 넘어가면서 예술의 전당에서 발레를 보듯 맥주의 우아함이 식도로 부드럽게 넘어간다. 그리고 입안에는 깔끔함이 남는다.

쾰시 맥주는 우리가 흔히 사용하는 맥주컵보다 작은 유리컵(대략 250ml 정도)에 마시는데, 나 같이 술 좋아하는 사람에겐 '완샷One Shot!' 하기에 너무 좋은 양이다. 이 잔을 대형 트레이에 한 번에 들고 다니면서 서빙을 하는데 무려 20~30잔을 한 번에 옮길 수 있다. 보고 있으면 감탄이 절로 나온다. 이것은 서커스장인가, 맥줏집인가!

그렇게 우리 한국인 남자 셋이서 쾰시를 20잔 정도 즐기고 있을 때 식당 주인이 우리 테이블로 다가왔다. 할 이야기가 있는 표정이었다. 아마도 독일인보다 맥주를 많이 마시는 동양인은 오랜만에 본 것 같았다. 그런데 주인은 뜻밖의 질문을 던졌다.

"한국에서 폭탄주가 유명하다고 하던데 맞나요?"

어떻게 알았지? 그렇다고 했더니 주인은 독일에도 폭탄주가 있다고 말했다. 정말? 리얼리? 그렇게 주인과 합석이 시작되었다. 식당에 들어왔을 때부터 우리를 유심히 보더니 다 속셈이 있었다. 식당 주인은 독일의 폭탄주를 동양인들에게 자랑하고 싶었던 것이다.

주인이 독일의 폭탄주라고 소개하며 가져온 술은 '예거마이스터Jagermeister'였다. 어쩌면 어디선가 본 적이 있을 수도 있다. 초록빛의 네모난 병에 담긴 술. 누가 술이라고 하지 않으면 도무지 그 용도를 알 수 없게 생긴 술이다. 가끔 만취하면 2차 세계 대전 때 독일군들이 사용하던 수류탄으로 생각할 수도 있겠다.

원래 독일 폭탄주는 에너지 드링크(붉은 황소가 주로 사용된다)에 예거마이스터를 타서 텀블러에 들고 마시는 것이 정석이라고 한다. 그러나 쾰른의 폭탄주 제조법은 훨씬 간단했다. 예거마이스터를 위스키 잔에 따라서 쾰시 생맥주에 타서 마시면 폭탄주가 완성된다. 정말 간단하다. 예거마이스터 가득! 생맥주 가득!

예거마이스터 도수가 35도이다. 고량주와 비슷하다. 보통 블렌디드Blended 위스키가 42도 수준이니 35도면 독주라 할 만하다. 숟가락에 예거마이스터를 조금 따라서 라이터를 켜면 숟가락에 불이 붙는다. 진짜다. 해봐라. 다만, 만취해서 하면 술집 다 태울 수 있으니 주의해야 한다.

나는 한국인이 얼마나 술을 잘 마시는지 보여줄 욕심으로 거침없이 독일 폭탄주를 마시기 시작했다. 식당 주인도 어찌 독일인이 한국인에게 질 수가 있겠냐는 듯이 거침없이 마셔댔다. 나와 후배 두 명과 식당 주인, 이렇게 남자 넷은 서로 지지 않으려고 겁 없이 독일 폭탄주를 마셔댔다.(나중에 안 사실이지만, 이 술집 주인은 독일인이 아니었다. 터키인이었다. 이런!)

어느새 예거마이스터가 서너 병 더 나왔다. 문득 술값 걱정도 되었지만 금세 잊어버렸다. 폭탄주를 그렇게 마시고 기억할 리가 있겠는가. 다음 날 후배들의 증언에 의하면 내가 독일어로 주인장과 대화를 했다고 한다. 그리고 내 말을 듣고 주인이 웃었다고 했다. 그때 처음 알았다. 나는 술에 취하면 독일어로 독일인(아니 터키인)을 웃게 만들 수 있다는 것을! 어쩌면 나의 먼 조상 중에 독일인이 있었을지도 모른다는 생각이 든다.

그날 식당 주인도 나만큼 술을 많이 마신 모양이다. 다음 날 아침 우리 세 명의 지갑에 식당 영수증이 없는 걸 보면 너무 취해 계산을 하지 못했던 것 같다. 아니면 함께 술을 마셔준 고마움의 선물이었을까?

그런데 아침에 일어나니 내 숙소에 놀라운 풍경이 펼쳐져 있었다. 내 침대 옆에 한 사람이 더 누워있는 게 아닌가! 헉! 누구지? 한 남자가 양복까지 입은 채로 누워있었다. 어깨를 슬며시 밀어서 얼굴을 확인해보니, 이번 제과 전시회에 같이 참가한 일본회사 직원이었다. 도대체 이 사람이 왜 여기에 있는 거야?

나중에 후배에게 들으니 만취해서 호텔로 들어오는 길에 일본 직원을 로비에서 우연히 만났다고 한다. 그 일본 직원에게 우리가 오늘 현지인에게 직접 배워온 독일식 폭탄주를 만들어주겠다며 내 방으로 가자고 한 것이다. 그리고 내 방에서 연신 폭탄주를 만들어서 권했다고 한다. 일본회사 직원은 주는 대로 마시다 자신의 방까지 끝내 가지 못하고 내 방에서 전사戰死하고 말았다. 전사한 것까지는 좋은데 침대 위에 구토와 오물의 흔적은 어쩔 것인가? 저 양복, 오늘도 입어야 할 텐데. 쯧쯧.

한 가지 더 놀라운 것은 내가 술집에서는 독일어로 대화하다가, 방에서는 일본어로 대화를 했다고 한다. 혹시 사케를 좋아하는 걸 보면 내 유전자에 일본인의 피도 있는 걸까? 재미있는 것은 내가 일본 직원에게 "다이죠브?'(괜찮아?)라고 묻고, 일본 직원이 고개를 끄덕거리면 폭탄주를 건네면서 "이끼(완샷)"를 외치며 일본 직원이 쉴 틈을 주지 않았다고 한다. 그리고 완샷을 하면 '혼또니(정말)'를 외치면서 일본 직원에게 뽀뽀를 퍼부었다고 한다. 이 정도면 가족이 되어야 하는 거 아닐런지.

다음날 나와 그 일본 직원은 전시장에서 만나 그날 처음 만난 듯이 90도로 서로 인사를 했다. 일본 직원은 아무것도 기억을 못하는 표정이었고, 나는 그 직원의 양복이 다행이도 한 벌 더 있었다는 것을 알게 되었다.

어디를 가나 폭탄주는 조심해야 한다. 쓸데없는 자존심과 술 욕심을 잘못 건드리면 심한 뇌 손상이 올 수 있다.(술 먹고 내가 하는 짓을 보면 이미 온 것 같기도) 혹시 독일에 간다면 예거마이스터를 조심해라. 인생 한 방에 갈 수도 있다.

04

이란에서 몰래 마시는 조니워커의 맛

침대 축구의 대명사 이란. 이란의 정식 명칭은 'Islamic Republic of Iran' 이슬람 민주 공화국이다. 이슬람은 크게 시아파와 수니파로 나뉜다. 수니파는 사우디아라비아가 종주국이고, 시아파는 이란이 종주국이다. 인구 8천만의 위용을 자랑하는 이란은 한때 페르시아 제국으로 전 세계를 호령했던 나라이다. 영화 '300'에 나오는, 온몸에 금으로 장식을 하고 나온 인물이 바로 이란(당시는 페르시아)의 크세르크세스 황제이다.

이란으로 출장 갔을 때 일이다. 바이어가 집으로 저녁 식사 초대를 했다. 바이어 조카가 쌍둥이였는데 그날이 쌍둥이 형의 생일이었다. 친구들과 지인들을 초대해서 생일 파티를 한다고 했다. 출장 중에 현지인의 집에 가볼 수 있는 좋은 기회였기 때문에 당연히 초대에 응했다. 그때만 해도 이슬람 국가인 이란에서 술을 마실 거라고는 전혀 상상도 못한 채.

초대받은 곳은 골목 안에 있는 3층짜리 일반 주택이었다. 건물로 들어가 2층으로 올라가자, 집 안에서 음악이 크게 울려 퍼졌다. 엇! 이 색다른 느낌은 무엇인가? 거실로 들어서자 이미 쌍둥이 친구들 몇몇이 와 있었다. 친구들은 20대 중후반으로 보였는데 대부분이 여성들이었다. 이란 여성을 이렇게 가까이에서 만날 수 있다니!

이란에서는 여성 복장에 대한 규제가 있다. 치마를 입지 못하고, 머리에는 스카프를 반드시 써야 한다.(여자아이 6살 이하는 제외) 바지를 입더라도 엉덩이가 드러나지 않도록 상의로 덮어야 한다. 이란 여성들의 뛰어난 미모를 드러내지 못하니 얼마나 아쉬울까 싶은 생각이 든다. 크고 깊은 두 눈, 오뚝한 코, 그리고 균형 잡힌 몸매에 큰 키까지.

그런 미모의 현지 여성 여러 명이 내 앞에 앉아 있었다.

나도 모르게 살짝 긴장이 되었다. 그런데 잠시 후, 이란에 대한 나의 고정관념이 산산이 부서지는 일이 생겼다. 한 젊은 이란 여성이 현관으로 들어와 신발을 벗고 외투를 벗는데 난 그만 입을 다물 수가 없었다. 놀랍게도 미니스커트를 입고 있는 것이 아닌가!

곧바로 머리에 쓴 스카프를 벗으면서 마치 영화의 한 장면처럼 좌우로 머리를 흔드는데 주변에서 빛이 나는 것 같았다. 그녀는 낯선 동양인인 나를 보고 아름다운 미소를 보냈다. 내 눈은 금세 하트가 되었다. 이란 공주님을 모실 준비가 되었다는 듯이 나는 벌떡 일어나서 인사를 했다.

그날 이란 여성들은 나에게 큰 관심을 보였다. 이란에서 동양인, 특히 한국인을 만날 기회가 많지 않았기 때문에 그랬을 것이다. 한순간 관객들에게 주목받는 주인공이 된 기분이었다. 그런 나를 더욱 뜨겁게 해준 것은 바로 주방에서 가져온 위스키, 조니워커Johnnie Walker였다. 이란에서 조니워커를 마실 줄이야! 오 마이 갓! 아니지. 오 마이 알라!!! 이란 친구들 몇 명이 조니워커를 들고 호기심 가득한 눈빛으로 나에게 다가왔다.

"어디서 왔어요? 한국은 어디에 있는 나라예요?"

"팝송 좋아해요?"

"한국 젊은이들은 뭐하면서 시간을 보내나요?"

질문이 끝도 없이 이어졌다. 물론 대답도 끝도 없이 이어졌다. 어설픈 나의 영어가 어느 순간 점점 유창해지기 시작했다. 잘 아시지 않는가? 취하면 영어가 잘 된다. 나만 그런가?

우리는 이란과 한국이 얼마나 가까운지 이야기했다. 실제로 이란 테헤란에 가면 'Seoul Street'가 있다. 서울 강남에 테헤란로가 있듯이. 그렇다. 실제로 우리는 가까운 나라였다. 축구 할 때 누워있지만 않는다면 말이다.

여기서 잠깐 재미있는 이야기를 하나 하겠다. 이란의 테헤란에 가면 'African Street'라는 길이 있는데, 그곳에는 맛있는 식당과 다양한 갤러리 카페가 많이 있다. 무엇보다 그곳이 유명한 건, 이란 젊은이들이 일종의 데이트 대상을 고르는 장소이기 때문이다. 남성이 차를 타고 거리를 다니다가 마음에 드는 여성에게 차에 타라고 권유한다. 차와 남성이 마음에 들면 여자가 차에 탄다. 그 이후는 상상에 맡긴다. 혹시 나도 해봤냐고? 아쉽지만 못 해봤다. 멋진 차도 없었지만, 더 중요한 건 이란어를 모르니까.

그날 생일 파티에서 나는 재미있는 게임을 하게 되었다.

"조니워커 맛, 구분할 줄 아세요?"

이란 친구들이 나의 '술존심'을 건드렸다. 나처럼 술 좋아하는 애주가에게 조니워커 맛을 구분할 줄 아느냐고 묻다니!

"당연하죠! Of Course! Sure! Yes! Okay!"

그들은 나에게 조니워커 레드, 블랙, 블루를 구분할 줄 아느냐고 물었다. 레드는 보통 2~3만 원대, 블랙은 5~6만 원대, 블루는 프리미엄 급으로 면세점에서 구입해도 30만 원 정도 한다. 주당인 내가 그 정도도 구분하지 못할까 봐?

즉석에서 블라인드 테이스팅이 시작되었다. 나는 뒤로 돌아서 있고, 술병 뚜껑에 레드와 블랙, 블루를 조금씩 따라서 맛을 보고 맞추기로 했다. 무척 쉬워 보였다. 내가 혀가 없는 것도 아니고, 2만 원대 술과 30만 원대 술을 구분하지 못할 리가 없다. 만약 못 맞춘다면 술 마실 자격도 없는 놈이다.

자신감이 넘친 나는 심지어 내기까지 했다. 맞추면 아까 보았던 이란 공주님의 볼 키스를 받고, 못 맞추면 공주님께 벌금 50불을 내기로 했다. 내기치고는 큰돈이었지만 나는 이미 승리자가 될 자신이 있었다.

준비가 됐다는 말에 천천히 뒤로 돌았다. 테이블에는 병뚜껑 3개가 나란히 놓여 있었다. 나는 의미심장한 미소를 지으며 그중 병뚜껑 하나를 조심스럽게 들어 올렸다. 진지한 표정을 지으며 냄새를 먼저 맡아 보았다. 역시 위스키는 향이지. 그런데 아뿔싸! 뭐지? 알코올 향 밖에 안 난다. 살짝 혀를 대봤다. 음~~ 부드럽군. 이건 당연히 블루네. 다시 자신감을 찾았다.

두 번째 뚜껑에 담긴 술도 냄새를 맡아봤다. 첫 번째 술과 비슷한 알코올 향이 났다. 냄새만으로는 도무지 구분할 수가 없었다. 그래도 맛을 보면 다르겠지. 조심스럽게 맛을 보았다. 어? 뭐야? 부드럽네. 조금 전과 같은 술인데!

세 번째 뚜껑의 술도 마셔보았지만 마찬가지였다. 그렇다. 전혀 모르겠다. 알코올 향과 부드러움은 알겠는데 그게 레드인지, 블랙인지, 블루인지 알 수가 없었다.

아마 여기까지 읽은 분 중에서 술 좀 하신다는 분은 나는 진짜 자신 있다고 할지도 모르겠다. 분명 다 맞출 수 있다고 큰소리치고 싶다면 일단 50불을 걸으시라. 난 100% 장담할 수 있다. 그 50불은 내 돈이 될 거라는 것을!

만약 진짜 도전하고 싶은 분이 있다면 책방으로 찾아오시길 바란다. (단, 조니워커 블루는 비싸니까 직접 사서 가져와야 한다) 만약 위스키가 부담스럽다면 일단 처음처럼과 참이슬로 먼저 블라인드 테이스팅을 해보길 권한다. 이 역시 생각보다 쉽지 않을 것이다.

그날 게임에서 나는 완전히 패했다. 약속대로 이란 공주님께 50불을 건넸다. 이런 것으로 내기를 한 나 자신이 한심스러웠고, 쓸데없는 자신감으로 큰소리쳤던 내 모습이 치욕스러웠다.

그날 이후, 나는 위스키를 잘 안 마시게 되었다. 비싼 것과 싼 술도 구분 못 하면서 비싼 걸 굳이 마실 필요가 있을까 하는 생각이 들었기 때문이다. 물론 블루 같은 경우는 비싸서 못 마시는 것이 더 큰 이유이기도 하다. 하지만 이란에서 몰래 마셨던 조니워커의 맛은 아직도 잊을 수가 없다.

Blue Label
MOON

05

두바이에서 '처음처럼'을 마시면 기적이 일어납니다

한때 두바이에서 주재원으로 4년 넘게 산 적이 있다. 회사 소속이라는 것만 빼면 정말 좋은 시절이었다. 당시에 나는 '빼빼로'로 대표되는 제과 회사에 다니고 있었다. 중동지역에 한국 과자를 수출하고 현지에서 더 잘 팔리게 하는 일이 나의 주 업무였다.

회사 일이라는 게 언제나 그렇듯이 성과가 좋을 때는 호시절이지만 그렇지 않을 때는 매일매일 험난한 시절을 보내야 한다. 특히 나처럼 매월 영업 성과로 평가받는 직원들에게 월말은 그야말로 지옥 같은 시간을 보내기 일쑤다.

그날도 그런 날이었다. 월말은 다가오는데 영업 실적은 턱 없이 부족하고, 두바이에서 향수병까지 더해 무척 힘든 날이었다. 나는 몇몇 지인들과 한국 식당을 찾았다. 힘들 때마다 가장 위로가 되는 건 역시 한국 음식과 한국 술이다.

적당히 취기가 돌아 하소연에 더해 회사 욕까지 있는 대로 퍼붓는 중이었다. 아마 함께 있던 지인들은 내일 당장 사표라도 내는 줄 알았을 것이다. 그때가 아마 저녁 7시쯤 되었던 것 같다. 사우디아라비아의 바이어에게 전화 한 통이 걸려왔다. 나는 겉으로 표현은 못 했지만 내심 속으로 서운한 마음이 들었다. '이 나쁜 놈은 하라는 오더는 안 하고 이 시간에 전화는 왜 하는 거야?'

"어."

나는 외국인과 통화 할 때, 'Hello'라고 받지 않는다. 주로 한국어로 '어'라고 한다. 신기하게도 다들 알아듣는다. 한국어의 세계화라니 놀랍다.

"쏼딴, 급한 용무가 있어."

"뭔데? 좋은 소식이면 말하고, 나쁜 소식이면 끊어. 지금 별로 기분 안 좋아."

(실제로는 이렇게 말했다. "Good news is Okay, Bad news later.

I am drunken now")

그런데 뜻밖에도 엄청난 소식이었다. 사우디아라비아에는 국공립학교가 2천여 개 정도 있는데, 그 학교 매점에 우리 제품을 납품하기로 계약했다는 것이다.

"뭐라고? 납품이라고? 국공립학교 매점에? 얼마나?"

나는 주문량을 듣고 술이 확 깼다. 13만 상자라고 했다. 첫 주문량이 그 정도이면 어마어마한 물량이다. 바이어는 2천여 개 학교 매점에 한꺼번에 납품해야 하니 내일부터 생산에 들어가서 곧바로 선적해달라고 했다. 나는 귀를 의심하며 다시 한번 확인했다.

"1,300 Box가 아니라 13만 Box라고? 지금 당장?"

과자를 잘 모르는 분들을 위해 잠시 부연 설명을 하겠다. 지금 언급한 과자는 큰 박스 한 상자에 과자가 120개 들어간다. 한 상자 단가가 대략 15,000원 정도 한다. 총 수량이 1천5백6십만 개다. 금액만 2백만 불 수준이다. 한화로 약 20억이 넘는 물량이다. 당시 한 달 영업 목표가 100만 불 수준이었는데 한 번에 두 달 치 목표를 상회 하는 성과를 낸 것이다. 물론 단일 제품, 단일 시장 기준이다. 13만 박스라면 공장에서 몇 개월 동안 이것만 생산해야 할 물량이다.

"이야~ 도대체 이게 무슨 일이야?"

전화를 끊고도 꿈을 꾸는 것만 같았다. 다시 식당으로 돌아와서 소주잔을 드는데 마치 알코올중독자처럼 손이 덜덜 떨렸다. 이 놀라운 소식을 본사에 어떻게 전할까? 메일로 보내면 재미없고 서프라이즈로 깜짝 놀라게 해주고 싶었다.

내일부터는 매일 공장에서 미친 듯이 과자를 생산해서 배에 실어 사우디아라비아로 보내야 한다. 이런 행복한 상상을 하면서 계속 술을 마셨다. 영업사원에게는 쉴 새 없이 바쁜 것이 큰 즐거움이다.

두바이에 와서 대부분 힘들거나 외로울 때 술을 많이 마시는 편이었다. 그러나 그날은 처음으로 기분이 좋아서 술을 많이 마셨다. 물론 취했다. 안 취할 수가 있나? 이런 축제 같은 날!

두바이에서는 소주를 많이 마시지 못하는 이유가 있다. 두바이에서 '처음처럼' 한 병이 원화로 18,000원 정도 한다.

수입해서 파는 거라 그렇다. 이슬람국가라서 주세酒稅가 센 편이다. 한국에서 당시 3천 원이면 먹던 소주를 두바이에서는 6배 정도 더 주고 먹어야 한다. 그날 술값만 몇십만 원 나왔다. 그래도 좋았다. 끊임없이 웃었다. 그리고 오랜만에 만취했다.(아참, 오랜만은 아닐 수도. 거짓말하지 말라고 김여사 잔소리가 어디선가 들리는 듯하다)

두바이에서 '처음처럼'을 마시면 가끔 이런 잭팟jackpot이 터진다. 여러분도 두바이에 가게 되면 '처음처럼'을 마셔보기를! 혹시 아나? 어디에서 엄청난 소식이 들려올지. 건투를 빈다.

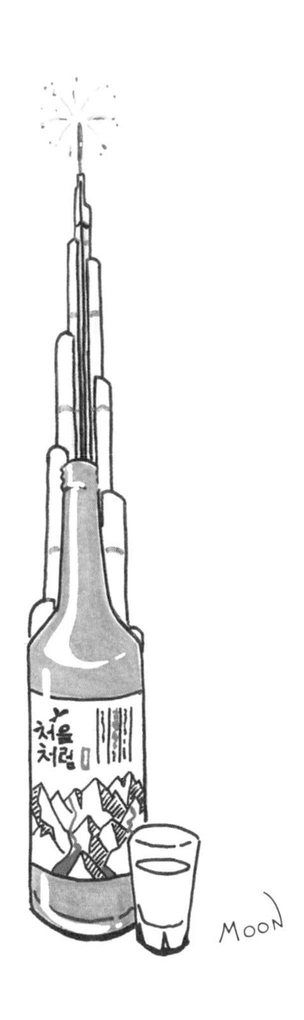
처음
처럼
MOON

06

얼음공주와 쉬라즈 와인

출장을 참 많이 다녔다. 두바이 주재하면서 안 다녀본 중동 국가가 없을 정도다. 물론 시리아나 이라크처럼 위험한 곳은 안 간다. 덩치에 안 맞게 겁이 많다.

한번은 테헤란 출장길에서 돌아오는 비행기 안이었다. 주로 에미레이트 항공(두바이 항공사)을 이용하는데, 이 항공사가 좋은 건 와인이 맛있다는 점이다. 그것도 병째 준다. 물론 큰 병이 아니라 작은 미니어처 병이지만.

이 항공사 승무원들은 인심도 후하다. 와인을 달라고 하면 계속 준다. 다만 얼굴이 너무 빨갛거나 취했다고 판단되면 안 줄 수도 있다. 주로 식사 시간이 되면 레드 와인 한 병과 화이트 와인 한 병을 달라고 하는데, 이때 주는 레드 와인은 대부분 쉬라즈Shiraz이다.

쉬라즈는 프랑스 론 계곡이 주산지인 포도 품종을 말하지만, 원래 이란의 남부 도시 이름이다. 지금도 이란 남부에 같은 이름의 도시가 있다. 이 도시가 과거에는 와인으로 매우 유명한 곳이었다. 1750년부터 1781년까지 잔드왕조Zand Dynasty의 수도였던 곳이자, 시인과 꽃의 도시로도 유명한 곳이다. 그래서 원산지명을 그대로 따서 아직도 타 국가에서 이 품종을 가지고 생산한다.

기내식이 나왔다. 소고기와 밥. 치킨과 면 중에 고르라고 한다. 와인에는 역시 소고기지. "비프 플리즈~" 승무원은 곧

마실 것을 물어본다. 나는 술을 잘 마시지 않는 사람인 것처럼 최대한 정중하게 말한다.

"예스! 레드 앤 화이트 와인, 플리즈~"

술을 주문할 때에는 일부러 살짝 웃어 보인다. 주정뱅이처럼 보이지 않도록.

식사 전에 와인이 먼저 나온다. 일부러 맞춘 것처럼 플라스틱 잔에 작은 와인 한 병이 딱 들어간다. 그 사실을 알지만 나는 절대 와인을 가득 담지 않는다. 와인이 가득 차 있으면 없어 보이니까!

곧이어 승무원이 식사를 가져다주었다. 음식 포장을 벗기자 김이 모락모락 난다. 따뜻한 소고기 한 점을 나이프로 살짝 잘라 천천히 입에 넣는다. 그리고 쉬라즈 한 잔을 살짝 마신다. 절대 한 번에 다 마시면 안 된다. 한 병밖에 없으니 아껴 마셔야 한다.

아! 이것이 출장의 맛이자, 두바이 항공의 맛이다. 고기와 와인이 만나 블루스를 춘다. 서로 적절하게 안겨 살짝 키스할까 말까 묘하게 엉긴다. 함께 나온 아스파라거스를 한입 베어 물고 다시 쉬라즈를 한 모금 마신다. 죽이네! 이 집, 와인 맛집이구만.

이제 영화를 한 편 봐야겠다. 좌석에 붙은 모니터를 켰다. 웬일인지 그날따라 애니메이션을 뒤적였다. 영화 한 편이 눈에 들어왔다. 바로 유명한 'Frozen'. 우리나라 아이들이 모두 떼창을 부르던 그 영화다. 당시에 나는 이 영화가 한국에서 '겨울왕국'으로 번역되어 상영된 줄 몰랐다. 그래서 'Frozen'이라는 제목과 주인공인 공주들을 보고 내 멋대로 '얼음공주'라는 타이틀을 만들었다.

영화를 보기 위해 플레이 버튼을 눌렀다. 쉬라즈 와인은 여전히 내 트레이에 남아 있고, 예비로 화이트 와인도 아직 대기 중이다.

영화에 보면 언니 공주가 산에 올라가는 명장면이 나온다. 그 유명한 노래 'Let it go'를 부르며 손을 뻗는 순간 모든 게 다 얼음으로 변하는 그 장면이다. 언니 공주가 벼랑길에서 성을 만들고, 그 성을 눈보라로 휘감는 장면이 나오면서 노래는 클라이맥스로 치닫는다. 그런데 바로 그때! 그만 어이없게도 나는 오열을 하고 말았다.

"Let it go~ Let it go~"

나를 내버려 둬. 나 좀 내버려 두라고! 언니 공주의 마음에 나도 모르게 감정이입이 되었다. 이게 도대체 무슨 난감

한 일인가! 출장길의 힘든 여정이 한꺼번에 머릿속을 휘감았던 것일까? 아니다. 이건 분명히 와인 때문이다. 취할수록 감정이 더 북받쳐 오니까.

나는 와인 핑계를 대며 펑펑 울었다. 옆자리 외국인들이 나를 힐끔힐끔 쳐다봤다. 나라도 이상했을 것이다. 덩치가 산만한 웬 동양인 남자가 항공 담요를 부여잡고 만화영화를 보면서 울고 있으니 얼마나 놀랐겠는가! 더구나 그 좁아터진 비행기 좌석에서 말이다.

잠시 후, 승무원이 놀라서 달려왔다.

"Are you Okay?"

그 순간 그 말이 또 왜 그렇게 서럽게 들렸을까? 나는 눈물이 멈추지 않았다. 괜찮지 않다고 말해주고 싶었다. 내가 이 타지에서 껌 한 통, 과자 한 봉지를 팔기 위해서 얼마나 개고생을 하고 있는지 다 이야기해주고 싶었다. 나는 절대로 Okay 하지 않다고.

하지만 내 입에서 나온 말은 "Sorry."였다. 금방이라도 눈물이 떨어질 것 같은 눈을 한 채, 뭐가 미안한지 모르겠지만 아무튼 미안하다고 말했다. 승무원은 아무래도 안심이 안 된다는 표정으로 잠시 나를 지켜보더니 돌아갔다.

잠시 후 두바이 공항에 곧 도착한다는 기내 방송이 나왔다. 창밖을 보니 두바이의 야경이 눈에 들어왔다. 사막 위에 도시국가를 만든 놀라운 나라. 점점이 박힌 저 집들 사이 어딘가에 내 집이(아니, 회사에서 일하라고 돈을 대준 집) 있다. 이곳에 내 가족이 있고, 내 직장이 있고, 내 친구들이 나를 기다리고 있다. 나는 눈가에 남은 눈물을 마저 닦았다.

'가자, 집으로. Let it Go!'

집에 가서 쉬라즈 와인을 마셔야겠다.

그리고 오늘 애니매이션 보면서 울었던 웃픈 이야기를 김 여사에게 꼭 해줘야겠다.

그 날의 에피소드 덕분인지 요즘도 가끔 이 노래를 들으면 울컥할 때가 있다. 혹시 기회가 되면 혼자 있을 때 이 노래를 크게 틀고 쉬라즈 와인을 한번 드셔보길 바란다. 어쩌면 작은 위로가 될지도 모른다. 울기에도 좋고, 와인 마시기에도 좋고.

Penfolds
KOONUNGA H
SHIRAZ
2018
MOON

07

뉴델리에서 킹피셔를 마시면 타지마할에 갈 수 있다

세계 3대 맥주가 있다. 그중 하나가 킹피셔Kingfisher이다. 물론 인도 사람들만 그렇게 말한다. 일반 맥주보다 훨씬 큰 병에 든 킹피셔는 용량부터 킹이다. 무려 640ml. 맥주 좋아하는 사람에게는 좋은 사이즈이다. 라벨도 다양하다. 인도에는 같은 이름의 킹피셔 항공사도 있다.

인도에서는 맥주를 상온에서 즐긴다. 빨리 취하기 위해서라는 말도 있지만, 냉장 시설이 부족한 곳이 많아 어쩔 수 없었을 것이라는 의견이 더 정확할 것이다. 상온으로 마시는 맥주를 상상해 본 적이 있는가? '맥주는 무조건 시원하게!'라고 생각하는 한국인들에게는 아주 끔찍한 일이다.

인도 뉴델리로 출장을 갔을 때의 일이다. 인도 바이어와 뉴델리 시내의 한 바Bar에서 킹피셔를 차갑게 해서 마셨다. 미지근하게 마시면 한 병만 먹어도 토할 것 같다. 안주는 치킨 커리와 비리야니(가는 쌀에 인도 특유의 향신료를 넣어서 볶은 인도 음식, 서남아 등지에서 주로 즐긴다), 그리고 인도 특유의 향이 가득한 샐러드를 시켰다. 킹피셔와 음식 궁합이 최고였다.

킹피셔를 5병 넘게 마실 때쯤 바이어가 내일 일정은 뭐냐고 물었다. 글쎄, 뭐하지? 뉴델리 출장은 예상보다 빠르게 일이 진행되어서 그날 모든 업무가 끝이 났다. 계획보다 일이 빨리 끝나서 남은 일정을 여유롭게 보낼 수 있게 되었다.

그 순간 문득, TV나 영화로만 보았던 그 유명한 타지마할이 생각났다. 1631년~1648년 무굴 제국의 황제 샤자한Shah Jahan이 사랑하는 아내를 추모하기 위해 아그라Agra에 건립한 거대한 궁전 같은 무덤.

"그래 거기 가자. 타지마할!"

내 말이 끝나자마자 바이어가 상당히 당황스러워했다.

"쑬딴. 타지마할은 여기서 멀어."

뉴델리에서 타지마할까지 가려면 온전히 하루를 비워야 한다는 것이다. 여기서 '멀어'라는 말에는 곤란하다는 뜻이 포함되어 있다. 바이어는 사업하는 사람이다. 사업자에게는 시간이 일이고 돈이다. 바이어의 어린 아들이나 딸이면 몰라도, 일하는 사람한테 당장 내일 타지마할로 놀러 가자고 떼를 쓰는 어른은 없었을 것이다.

나는 같이 가자고 계속 졸랐다. 킹피셔를 8병째 마시는 중이었고, 뭐든 원하는 대로 될 것만 같은 기분이었다. 무엇보다 갑자기 타지마할이 미친 듯이 보고 싶어졌다. 내가 아이처럼 떼를 쓰자, 킹피셔를 10병쯤 마셨을 때 바이어는 마지못해 함께 가기로 승낙을 했다. 한 병에 640ml니까 10병이면 어마어마한 양을 마신 것이다.

다음 날, 숙취와 함께 타지마할로 출발했다. 우리는 대형 SUV의 안락함을 느끼며 인도 북부 고속도로를 달렸다. 하지만 설렌 마음을 느낄 사이도 없이 나는 숙취로 아픈 머리를 부여잡고 계속 잠을 잤다.

4시간 정도 지난 후에 드디어 타지마할에 도착했다. 그런데 놀라운 광경이 눈앞에 펼쳐졌다. 어마어마한 인파가 타지마할에 들어가기 위해 줄을 서 있는 것이 아닌가. 몇천 명은 족히 넘어 보였다. 과연 이 많은 인도인 틈에서 입장을 할 수 있을지 엄두가 나지 않았다.

그런 나의 마음을 아는지 모르는지, 바이어는 아무 고민 없이 주차를 하고 타지마할 입구로 성큼성큼 걸어 들어갔다. 이 긴 줄을 기다린다고? 그냥 가는 게 낫지 않을까? 이 말이 목구멍까지 나왔지만 참았다. 오자고 떼를 쓴 건 나였으니까.

그런데 두 번째로 놀라운 일이 벌어졌다. 바이어가 나를 이끌고 간 입구는 사람들이 길게 줄을 선 곳이 아니었다. 타지마할로 들어가는 통로가 수십 개는 될 듯한데 바이어는 그중 사람이 한 명도 없는 통로로 향하는 것이 아닌가. 그야말로 무주공산의 길로 무작정 들어서는 것 같았다. 오~ 이것은 무슨 일인가?

알고 보니 돈을 더 내면 줄을 길게 서서 기다리지 않고 바로 들어갈 수 있는 입구가 따로 있었다. 일종의 VIP Pass였다. 수많은 인도인의 눈빛이 계속 나를 따라오는 게 느껴졌다. 바이어의 센스 덕분에 일사천리로 입구까지 단숨에 도착할 수 있었다. 드디어 꿈에 그리던 타지마할로 입성. 우와!!!

타지마할의 모습은 정말 장관이었다. 모든 건축물과 조경이 예술적이고 감동적이었다. 무엇보다도 타지마할에 내가 왔다는 사실이 감격스러웠다. 그 수많은 인파를 제치고 한 번에 들어와서 더욱 감동적이었는지도 모른다. 킹피셔가 나를 이곳까지 데려다주다니! 무작정 떠난 타지마할은 죽기 전에 꼭 한 번 가봐야 할 곳이었다.

그 날 밤 뉴델리로 돌아와서 나는 또 킹피셔를 마셨다. 내일은 복귀하는 날이니 딱 10병만 마셔야겠다고 다짐했다. 호텔에서 혼자 킹피셔를 6병째인가 마실 때, 바이어가 기념하라고 선물해준 타지마할 크리스털 모형을 그만 떨어뜨려서 산산조각 내고 말았다.

다음 날 공항으로 가는 길에 바이어가 물었다.

"어제 선물해준 타지마할 기념품 잘 챙겼지? 그거 비싼 거야."

물론이지! 미안했지만 어쩔 수 없이 거짓말을 했다. 하지만 내 마음속에 잘 간직한 건 사실이니까. 비싼 기념품은 사라졌지만 킹피셔도 마시고, 타지마할도 봤으니 그것으로 충분하다. 내 마음속에 간직한 타지마할은 영원히 깨지지 않을 테니.

MOON

08
죽음과 맞바꾼 멕시코 테킬라

2007년, 지겹던 회사를 때려치웠다. 퇴사 이후 옮긴 작은 규모의 회사마저 1년을 채우지 못하고 또 그만두었다. 그리고 무작정 멕시코로 떠났다. 아는 선배가 그곳에 있기도 했고, 마침 같이 갈 선배도 있었다.

회사 다니면서 받아둔 마이너스 통장엔 약 2천만 원 정도가 남아 있었다. 사실 멕시코에 꼭 가야 할 이유가 있었던 것은 아니었지만 그렇다고 못 갈 이유도 없었다. 무엇보다 회사를 그만두고 딱히 할 일이 없어서 무기력한 날들이 길어졌다.

선배는 멕시코에서 가족들과 살면서 오락기 사업을 하고

있었다. 당시 선배의 장인과 장모는 멕시코시티에서 한국 식당을 열기 위해 준비 중이었다. 식당 개업을 하려면 식당에 필요한 주방용품부터 식재료와 각종 집기가 필요한 상황이었다. 멕시코는 수입 물품에 대한 세금이 비싸서 가까운 미국에서 조달하는 것이 훨씬 경제적이라고 한다.

그래서 우리는 미국에 직접 가서 필요한 것들을 사 오기로 의기투합을 하였다. 구입 비용도 싸고, 그 길에 미국 여행까지 하면 일석이조라고 생각한 것이다. 그런데 문제는 항공료였다. 남자 세 명이 비행기를 타고 미국까지 가면 배보다 배꼽이 더 클 것 같았다. 결국 우리는 자동차를 타고 이동하기로 결정했다. 멕시코시티에서 LA까지!

멕시코시티에서 LA까지 가는 것이 별것 아니라고 생각할 수 있다. 가보지 않은 이들에겐 감조차 안 올 테니 말이다. 멕시코는 전 세계에서 13번째로 면적이 넓은 나라다. 도시에서 도시로 이동하려면, 보통 짧은 거리가 2,000km 정도 된다. 믿어지는가? 2,000km면 엄청난 거리다. 시속 100km로 달린다 쳐도 20시간을 가야 하는 거리다. 그런데 우리는 도시에서 도시로 이동하는 것이 아닌, 멕시코시티에서 국경을 넘어 LA까지 가야 한다.

지금 생각하면 정말 미친 짓이었다.

그렇게 우리 셋은 봉고를 타고 멕시코시티를 출발했다. 갈 길이 멀어 자주 쉴 수는 없으니 돌아가면서 운전을 하기로 했다. 운전이 서툰 나는 주로 낮에 운전하고 밤길은 선배들이 했다. 가는 곳곳에서 주유도 하고, 군대 검문소가 있으면 트렁크도 열어주고 여권 검사도 받으면서 밤낮없이 달리고 또 달렸다.

그러던 어느 날 밤이었다. 야간 운전 중이었고 나는 조수석에 타고 있었다. 도로 앞에 차단기가 내려져 있고 사복 입은 남자들이 서 있었다. 차를 세우고 내리라는 손짓을 했다. 순간 두려움이 몰려왔다. 통상적인 검문치고는 너무 늦은 밤이었고, 더구나 사복을 입은 사람들이(당시까지만 해도 사복 경찰인 줄 전혀 몰랐다.) 차량 검문이라니!

멕시코 남자 세 명이 우리 차로 다가왔다.

"두 손을 차창 밖으로 보이게 하고 천천히 차에서 내려!"

당연히 그들은 스페인어로 말했고 옆에 있던 선배가 통역을 해줬다. 운전석에 있던 선배는 차량 앞 좌측 보닛 쪽으로 서게 했고, 나는 우측 보닛에 기대게 했다. 자고 있던 다른 선배는 차량 뒤쪽으로 나오게 했다.

잠시 후, 내 목 뒷덜미에 갑자기 서늘한 느낌이 전해졌다. 권총이었다! 온몸에 전기가 감전된 것처럼 소름이 돋았다. 숨이 턱 막혔다. 사복 경찰은 스페인말로 뭐라고 떠들었는데 나는 도무지 무슨 말인지 알아들을 수가 없었다.

"English, English, Please!"

나는 계속 이 말만 반복했다. 사실 영어로 말했어도 못 알아 들었을 것이다. 대화가 통하지 않는다는 걸 느꼈는지 경찰은 금세 나에게 질문하는 걸 포기했다. 하지만 여전히 총구는 내 뒷덜미에 대고 있었다. 정말 무서웠다. 여기서 죽을 수도 있겠구나. 멕시코 북부 어느 이름도 모르는 길에서 쥐도 새도 모르게 사라질지도 모른다는 생각이 들었다.

몇 분이 지났을까? 잠시 후에 내 귀를 의심하는 소리가 들렸다. 웃음소리였다. 뭐지? 누군가의 목숨이 왔다 갔다 하는 이 긴박한 상황에 웃음소리라니. 그런데 자세히 들어보니 그 웃음소리는 선배였다. 멕시코 경찰들과 선배들이 화기애애하게 웃으면서 대화를 하고 있었다.

잠시 후, 내 목을 겨눈 권총이 다시 권총집으로 들어갔다. 어리둥절한 나를 뒤로하고, 선배와 경찰들은 서로 담배까지

나눠 피우면서 수다를 떨고 있었다. 너무 황당했다. 별일 없었다는 듯이 선배들이 다시 차에 올라탔다. 그리고 우리 봉고차는 다시 LA로 출발했다.

차 안에서 선배들에게 당시 상황을 자세하게 들을 수 있었다. 최근 멕시코에 중국인들이 마약 운반을 한 사건 때문에 동양인에 대한 검문이 강화되었다고 한다. 그런데 동양인 남자 세 명이, 그것도 한밤중에 봉고차를 타고 지나가고 있었으니 경찰도 상당히 긴장했을 것이다. 외모로만 봐서는 중국인인지, 한국인인지 구분할 수 없었을 테니 말이다. 당시에는 한국을 아는 중남미 사람들도 많지 않았다. 물론 내 얼굴을 보고 100% 중국인으로 오해했을 수도 있었을 것이다. 그래서 나한테 총구를 겨눴던 것일까?

나중에 새롭게 알게 된 사실이 또 있다. 심야에 차량 검문을 할 때는 동승자를 따로 불러 같은 질문을 4~5개 정도 한 후에 서로 대답이 일치하는지 확인한다고 한다. 다행히 스페인어가 가능한 두 선배의 대답이 일치했기 때문에 우리는 풀려난 것이다. 만약 셋 중 한 명만 스페인어가 되고, 두 명은 동문서답을 했다면 어떻게 되었을까? 생각만 해도 소름이 돋는다. 우리가 멕시코시티에서 LA까지 차로 간다고 하니, 멕시코 경찰들은 어이가 없다며 '한국 또라이들'이라고 했다고 한다.

검문소를 통과해 한참을 지나도 내 심장은 여전히 두근거렸다. 나는 짐을 뒤져 차 안에서 멕시코 테킬라Tequila를 연거푸 마셨다. 효과는 최고였다. 이내 봉고차 뒷자리에서 잠이 들어버렸다.

새벽에 깨서 보니, 우리 봉고는 어느덧 멕시코 국경까지 다다랐고, 이내 거대한 미국의 장벽이 드리워져 있는 국경 검문소에 도착했다. 국경을 통과해 미국에 들어선 순간, 이번엔 젊고 잘생긴 미국 경찰이 우리 차를 세웠다.

이미 검문과 경찰에 대한 트라우마가 생긴 나는 또다시 불안감이 엄습해왔다. 또 내려야 하나? 안절부절못하고 있는데 미국 경찰은 우리를 내리라고 하지 않았다. 총을 꺼내지도 않았다. 경찰은 미소를 지으며 창문을 내리라고 손짓을 했다. 그리고 정중하게 물었다.

"어디까지 가는 길입니까?(Where are you going to Sir?)"

"LA까지 갑니다."

"LA로 가는 도로 중에 지금 가장 빠른 길은 몇 번 국도를 타고, 얼마만큼 가다가, 몇 번 도로로 갈아타면 가장 빠릅니다. 행운을 빕니다. 선생님."

이 믿기 힘든 친절은 또 무엇인가? 미국 경찰은 선글라스 아래로 멋진 미소를 보이면서 한 손으로 가볍게 인사까지 해주었다. 멕시코 경찰과 너무 다른 거 아니야!

우리는 국경을 지나 텍사스, 뉴멕시코, 애리조나, 네바다를 지나 최종 목적지인 LA에 도착했다. 중간에 라스베이거스에서는 이틀 밤을 묵었다. 여행도 겸한 이동이니 유명한 곳은 가봐야 한다고 모두 의견을 모았다.

우리는 호기심을 가득 품고 카지노에 갔다. 그곳에서 주로 Crazy war(카지노 게임을 잘 모르는 사람들을 위해 만들어진 가장 간단하고 쉬운 게임이다. 딜러와 마주 앉아 카드를 서로 한 장씩 주고받은 뒤, 서로 오픈하는 게임으로 숫자가 높은 사람이 건 돈만큼 가져갈 수 있다)라는 게임을 했다. 이틀 밤이 지나고 나자 우리는 식재료 살 돈까지 잃게 되었다. 왜 사람들이 카지노에서 돈을 모두 잃고 괴로워하는지 뼈아프게 경험한 순간이었다.

나는 지금도 테킬라 중 노란색 라벨의 '호세 꾸에르보 Jose Cuervo'만 보면 내 목에 겨눴던 권총의 싸늘함이 생각난다. 그리고 봉고 뒷좌석에서 손을 벌벌 떨면서 병째 마셨던 테킬라와 선배들의 웃음소리가 떠오른다. 멕시코 테킬라는 살면서 처음으로 지옥을 경험하게 해준 술이다.

Jose Cuervo
Especial.
MOON

09
쏠 맥주와 함께하는 빙고 게임

멕시코는 빙고 게임이 대중화되어 있다. 어느 정도냐면 시내 곳곳에 빙고장이 영업을 하고 있으며 빙고를 즐기는 인구가 어마어마하게 많다. 게임을 하는 곳은 왠지 담배 연기가 가득하고 음침한 분위기일 것으로 생각할 수 있겠지만, 멕시코 빙고장은 분위기가 완전히 다르다. 매우 가족적이고 남녀노소 할 것 없이 모두가 화기애애하게 빙고 게임을 즐긴다.

빙고장은 대략 이런 식이다. 대형 체육관 같은 건물 주차장에 차를 대고 내부로 들어가면, 커다란 홀 안에 엄청나게 많은 테이블이 동행자들끼리 앉을 수 있게 나뉘어져 있다.(물론 혼자 앉을 수 있는 곳도 있다) 홀 앞쪽에는 거대한 투명

공이 있고, 그 안에 숫자가 적힌 작은 공들이 들어있다. 그리고 홀 중앙에는 숫자를 나타내는 전광판이 있는데 숫자가 불릴 때마다 전광판에 해당 숫자가 바로 표시된다.

홀 바깥쪽에는 곳곳에 빙고 종이를 파는 판매점이 있다. 빙고 종이에는 1~50 사이의 숫자 중에 무작위로 10개가 칸마다 적혀 있다. 한 장에 천원 정도에 살 수 있고, 구매 단위는 무한정이다.

그렇다고 한 명이 수십 장을 사는 경우는 거의 없다. 공이 돌면서 숫자가 적힌 공이 하나씩 나오는데 그 속도가 생각보다 빠르고, 한꺼번에 그 많은 빙고 종이의 숫자를 확인하기가 상당히 어렵기 때문이다. 물론 현지인 중에는 한 번에 수십 장을 사서 동시에 숫자를 체크하는 사람도 있기는 하다.

게임은 이런 식으로 진행된다. 빙고가 시작되기 전, 내가 사고 싶은 만큼 빙고 종이를 구매한다. 나는 스페인어도 모르고 아직 빙고를 잘 모르니 처음에는 한 장만 샀다. 내가 받은 빙고 종이에 가령 2, 8, 15, 17, 19, 32, 44, 45, 46, 47의 열 가지 숫자가 적혀 있다고 하자. 잠시 후에 사람들의 긴장된 숨소리와 함께 게임 시작을 알리는 경적이 울린다. 그러면 큰 공이 돌아가면서 숫자가 적힌 작은 공이 하나씩 나온다. 공 옆에 있던 직원이 그 숫자를 하나씩 크게 불러주면 그때마다 전광판에 숫자가 표시된다.

"Dos!" 2라는 뜻이다. 출발이 좋다. 재빨리 내 빙고 종이에서 '2'가 적힌 칸에 색칠을 한다. 안 그러면 헷갈리니까. 게임은 자기 종이의 10개 숫자를 다 채우는 사람이 '빙고'를 외치면 끝이 난다. 가장 먼저 빙고를 외친 단 한 사람만이 상금을 가져갈 수 있다. 아무리 내 숫자가 10개 다 칠해졌다고 해도 뒤늦게 외치면 아무 의미가 없다. 그렇기 때문에 사람들의 집중력이 장난 아니다. 아마 빙고 게임을 좋아하는 노인일수록 치매에 걸릴 확률이 낮아지지 않을까 싶다.

나는 멕시코에 간 지 3일 만에 스페인어 숫자를 모두 외우는 데 성공했다. 바로 빙고 게임 덕분이다. 일부러 외우지 않아도 저절로 외워질 수밖에 없다. 빠르게 불리는 숫자를 들어야만 상금을 탈 수 있으니까!

더구나 빙고 게임은 중독성이 상당하다. 처음에는 상금이 얼마 안 된다. 한화로 몇만 원 수준이던 것이 밤 10시가 넘어가면 30~40만 원 수준으로 갑자기 상금이 크게 오른다. 사람들이 피곤해져서 집에 가야 할 시간이 되면 상금을 대폭 올려 게임 참여를 독려하는 것이다. 집에 갈까 말까 고민하던 사람들은 상금이 올라가면 다시 빙고 종이를 구매해서 자리에 앉게 된다.

처음 빙고 게임을 했을 때는 그냥 재미로 시작한 거라 큰 기대를 하지 않았다. 스페인어도 잘 모르는데 내가 설마 되겠어? 나는 마음을 비우고 빙고 게임을 하는 현지의 분위기를 즐길 생각이었다. 그러나 숫자가 불리고 내 숫자가 하나씩 지워질 때마다 짜릿함이 느껴졌다. 어쩌면 내가 1등을 할 수도 있겠다는 희망이 모락모락 피어나기 시작했다.

어느 순간, 아홉 개 칸의 숫자가 모두 지워지고 오직 숫자 '3' 하나만 남은 상황이 되었다. 행운의 여신이 점점 나에게 다가오는 것 같았다. 3만 지우면 빙고를 외칠 수 있는 절호의 기회가 찾아온다. 심장박동수가 급격히 빨라지고 몰입도가 엄청나게 올라갔다. 나는 있는 힘껏 빙고를 외칠 준비를 하고 있었다.

다시 큰 공이 돌기 시작했고 숫자 하나가 튀어나왔다. 전광판에 숫자가 나타났다. '4'였다. 여기저기서 아쉬움의 탄식이 터져 나왔다. 잔뜩 긴장했던 내 몸의 힘도 한순간 사라졌다.

이렇게 몰입도가 높은 게임이다 보니, 가끔 헛것을 보는 사람들도 있다. 자신의 숫자가 뜬 것으로 착각하고 빙고를 외쳤지만, 확인해보면 숫자가 일치하지 않는 것이다. 그 사람은 멋쩍어서 웃어 보이고, 아직 기회가 남았다고 생각하던 사람들은 박수를 친다.

그렇게 누군가 10개의 숫자가 모두 맞으면 우렁차게 빙고를 외치고, 일하는 직원들이 꼬치 같은 것에 빙고 종이를 꿰어서 진행본부로 가져가 확인한다. 숫자가 모두 맞으면 곧바로 해당 테이블로 현금을 가져가 모든 사람이 보는 앞에서 상금을 건네준다. 그때 기분은 아마 세상 모든 것을 다 가진 느낌이 아닐까?

보통 20에서 30번째 숫자에 빙고를 외치게 되면 몇십만 원 정도의 현찰을 받게 되는데, 그러면 대부분 같은 테이블의 사람들에게 쏠Sol이라는 맥주와 함께 멕시코 음식인 '토르티야Tortilla'나 가벼운 스테이크 등을 안주로 쏘게 된다. 그러다 보면 상금은 어느새 맥주와 간식값으로 거의 다 나가고, 남은 돈으로 다시 빙고 종이를 사는 데 쓴다. 결국 집에 갈 시간이 되면 남는 돈은 거의 없게 마련이다.

그런들 어떠하리! 우리는 저녁에 신나게 먹고 마시고 놀았고, 누군가는 한두 번의 빙고를 외쳤고, 현찰을 들고 주변 테이블의 부러움을 한눈에 받으며 또 쏠 맥주를 주문하는 호사를 누렸으니 말이다. 우리는 집으로 돌아오는 길에 토르티야 맛집에서 사 온 음식과 냉장고에 가득 들어있는 쏠 맥주를 먹으며 오늘의 빙고를 되새김질했다.

멕시코에 가게 된다면 꼭 빙고장에 한 번 가보는 것을 추천한다. 혹시 빙고를 외치게 되는 행운이 온다면 주변 현지인들에게 쏠 맥주와 토르티야를 쏘는 기쁨도 누려보길 바란다. 설사 빙고를 외치지 못하더라도 상관없다. 이미 그곳에 있는 것만으로도 충분한 인생임을 알 수 있게 되니까.

아참! 멕시코에 가기 전에 비행기 안에서 스페인어로 숫자를 외워가면 재미가 두 배가 될 것이다. 물론 외우지 못한다고 걱정할 필요는 없다. 빙고장 가면 10분 만에 숫자 정도는 다 외울 수 있게 될 것이다. 진짜다. 가보시라니까!!

10

아~ 민주 정부여!
아~ 막걸리여!

나는 93학번이다. 93년생이 아니고. 그렇다. 나이 많다. 내일모레면 50살에 가까워진다. 그런데 아직 철이 없다. 철들고 싶지도 않다. 다만, 남에게 피해는 안 끼치는 어른이고 싶다.

90년대 초반까지만 해도 대학가에서 데모를 많이 했다. 민주와 혁명, 통일 등의 단어가 난무하던 시기였다. 수많은 대학생이 나라의 장래와 현 시국의 불합리에 대해서 걱정했다. 그래서 누구나 거리로 뛰어나가 무엇이든 해야 할 때라고 믿었다.

우리는 의미도 모른 채, 사회과학이나 이름도 헷갈리는 철

학자들의 책을 몰래 읽었다. 너무 어려워서 이해되지 않는 책들도 많았다. 그래도 계속 읽는 척했다. 그런 책들을 읽지 않으면 개념 없는 대학생 취급을 받았다. 당시에는 선배들의 생각이 진리이자 정의라고 생각하던 시절이었다.

대학생들은 주로 학교 근처 허름한 선술집에서 선배들과 사회변혁이나 통일 등에 대해 이야기를 나누곤 했다. 그런데 희한하게도 마무리는 언제나 구토와 허름한 여관방에서 4~5명이 구겨져서 자는 것으로 끝났다.

그런 시절이었어도 대학마다 매년 축제는 열렸다.

대학교 4학년, 학교 축제 기간이었다. 지금 생각해보면 왜 그 일을 나에게 맡겼는지 알 수 없지만, 내가 축제 행사 사회를 보게 되었다. 그것도 축제의 마지막 행사인 '과 대항 노래 자랑'이었다. 나에게 잘 어울리지도 않는 개량 한복까지 입고 말이다.

잘 기억은 나지 않지만 행사는 잘 마무리가 되었고(그렇게 믿고 싶다), 행사가 끝난 후 우리는 대학 도서관 앞 잔디밭에서 거하게 뒤풀이를 시작하였다. 참가팀들과 행사 진행요원들, 총학생회 간부들, 그리고 나를 포함한 여러 명이 함께 모였다. 우리는 동그랗게 둘러앉아 열심히 막걸리를 마셔댔고, 언제부터인지 누군가 민중가요를 부르기 시작했다. 몇 명이 오른손을 불끈 쥐고 힘차게 하늘을 향해 뻗쳐 올리며 노래를 부르면 모두가 목에 핏대를 세우며 따라 불렀다.

그럴 때는 어느새 예비역 정도 되는 선배 하나가 통기타를 가지고 와서 다 같이 민중가요를 부르게 된다. 가끔은 과하게 취한 선배가 기타 줄을 물어뜯거나, 신발로 기타를 치는 멋진 장면을 연출하기도 한다.

그때도 술 욕심이 많았던 나는 그런 흥겨운 자리에 가면 술을 마시다 못해 들이부었다. 더구나 그날은 사회자였기 때문에 여기저기서 인사와 건배를 권하는 사람이 많았다. 내가 술을 마시는지, 술이 나를 마시는지 모를 정도로 마셔댔다. 그렇게 술자리는 잔디밭에서 달이 떠서 질 때까지 이어졌다. 학교 앞에서 혼자 자취하던 나 같은 사람에게는 부모님의 잔소리도, 귀가라는 개념도 없을 때였기 때문에 내가 누운 곳이 곧 집이었다. 수십 병의 막걸리와 함께 나는 잔디밭에서 고스란히 잠이 들어버렸다.

얼마나 지났을까. 귓가에 '짹짹, 짹짹' 거리는 소리가 들렸다. 서늘한 기운이 들어 눈을 비비고 정신을 차려보니, 학교 도서관 앞 잔디밭에 대[大]자로 누워있었다. 그리고 아랫도리 부근에 신문지 몇 장이 덮여 있었다.

잔디밭 앞으로 등교하는 학생들이 지나가는 걸 보니 오전 9시가 지난 듯했다. 내 입 주변과 목덜미 그리고 누워있던 자리 옆으로 엄청난 구토 흔적이 남아 있었다. 맙소사! 막걸리의 역한 냄새와 오물 자국을 잔뜩 묻힌 채 총학생회 사무실로 갔다. 선배 한 명이 나를 보더니 소파에서 일어나며 말했다.

"어제 술 많이 마셨나 봐? 누워서 토하고 있길래, 기도 막힐까 봐 내가 고개 돌려두고 왔는데. 그렇게 잔디밭에서 자다가 입 돌아가. 다음에는 신문지 꼭 덮고 자."

이런! 어제 나는 대자로 누워서 토를 하는 놀라운 장면을 연출했었고, 구토하다가 어쩌면 기도가 막혀 객사할 뻔했다. 다행히 그 모습을 본 선배 한 명이 나의 목숨을 구해주었던 것이다. 내가 추울까 봐 신문지까지 덮어주고 간 생명의 은인이다. 그런데 문득 생각해보니 그 정도로 걱정이 됐으면 깨워서 데리고 가는 방법도 있지 않았을까? 그래도 선배 덕분에 입은 비뚤어지지 않았으니 다행이다.

아~ 민주주의여! 아~ 막걸리여! 조국 통일 만세! 학원 자유화 만세! 그렇게 목소리 높여 외치던 90년대는 지나갔다. 당시에 아무 생각 없이 마셔댔던 막걸리는 이제 지방마다 특산물로 특화 개발 중이고, 무감미료가 들어간 건강 막걸리나

양조장마다 멋진 레이블로 놀라운 발전을 거듭 중이다.

막걸리만큼 내 인생도 학생 때보다 발전이 되었을까? 생각하면 선뜻 답을 하기 어려워진다. 그래도 이것 하나만은 확실하다. 당시에는 패기는 넘쳤으나 어디로 가야 할지 몰랐다고 한다면, 지금은 적어도 패기는 줄었지만 어디로 가야 할지 알고 있다는 것이다. 그리고 그곳을 향해 천천히 걸어가는 중이다. 느리지만 한 걸음씩.

11

2002년 월드컵의 인연 (Feat. 하이트맥주)

이번에도 대학 시절 이야기이다. 3학년 정도가 되면 시위를 나갈 때 큰 거리로 나가지 않고 골목 뒤편에서 어슬렁거리는 경우가 많다. 대학로 근처로 집회를 나갔을 때였다. 나와 선배 한 명이 골목 뒤에서 서성거리며 담배를 피우고 있는데, 아주 어여쁜 여성이 마이크 비슷한 것과 묵직한 장비 하나를 들고 우리에게 다가왔다.

"저는 OO라디오 방송국 리포터인데 잠시 인터뷰 하나만 해줄 수 있나요?"

물론이죠. 질문이 채 끝나기도 전에 승낙했다. 거절하기에는 너무 한가했고, 무엇보다 그녀가 정말 예뻤다. 후배들은 한 블록 지난 도로 한복판에서 최루탄을 뒤집어쓰고 콜록거리며 전경들에게 쫓기고 있을 때, 우리는 뒷골목에서 아름다운 여성과 인터뷰를 하고 있었다. 마치 서로 다른 세상에 사는 사람들처럼.

리포터의 부탁은 이거였다. 한국이 월드컵 개최국이 되었다고 가정하고 환호하는 시민 역할을 해달라는 요청이었다. 당시에 2002년 월드컵 개최국 투표를 앞두고 있었다. 우리는 한껏 들뜬 목소리로 "대한민국이 월드컵을 개최하게 되어 너무 기쁩니다. 우리도 월드컵에서 우승을 한 번 노려볼 수 있을 거 같습니다." 등등 말도 안 되는 소리를 내뱉었다.

인터뷰보다는 리포터에게 관심이 더 많았던 나는 '방송은 언제 나오느냐? 언제 차라도 한잔하자.' 뭐 이런 구태의연한 작업 멘트를 날렸다. 그런데 신기하게도 그녀는 흔쾌히 나와 차를 마시겠다고 말했다. 젊은 시절의 호기심이었을까, 아니면 정말 나에게 호감이 있었던 걸까? 우리는 내가 다니는 대학교에서 만나기로 약속을 하고 헤어졌다.

며칠 후, 그 여학생이 정말로 학교로 찾아왔다. 나는 설레는 마음으로 학교를 안내해 주었다. 마침 학교 축제를 앞두

고 노래패가 공연 리허설을 진행하고 있었다.(나는 리허설 일정을 미리 알고 있었다)

"네가 온다고 내가 특별히 공연을 준비했어."

누가 봐도 말도 안 되는 유치한 농담을 던졌다. 잠시 후, 학교 노천극장에서는 노랫소리가 울려 퍼졌다. 그런데 하필 조국의 통일을 외치는 노래였다. 젊은 남녀가 썸을 타기에는 조금 거친 노래였지만, 의외로 그녀는 이 상황을 만족하는 것 같았다. 기분이 좋았던 건지, 그녀가 노래를 들으면서 살짝 나에게 몸을 기대고 팔짱을 끼었다. 그녀의 갑작스러운 행동에 많이 놀랐고, 그녀의 몸이 너무 가깝게 밀착되어 또 한 번 놀랐다.

나는 캠퍼스 여기저기를 다니면서 공연 연습 중인 친구들과 인사도 하고, 지인들에게 그녀를 소개해주기도 했다. 나를 알고 있던 남학생들은 그녀를 보고 한결같은 표정을 지었다. '어디서 저런 미인을 데려온 거야?'라는 표정이었다. 그녀 덕에 한껏 우쭐해진 나는 그녀에게 맛있는 것을 사주겠다고 했다. 그런데 그녀는 전혀 예상하지 못한 말을 했다.

"그냥 오빠 집에 가서 밥 먹으면 안 돼?"

어? 이건 또 무슨 의미인가? 오늘 두 번째로 만나 잠시 학교를 둘러보았을 뿐인데!

당시 나는 시골에서 올라와 허름한 자취방에서 살고 있었다. 여자가 내 자취방에 오는 것 자체만으로도 엄청난 이벤트였다. 그녀의 말에 수천 가지 상상이 머릿속에 떠올랐다. 20대 초반의 혈기 왕성한 성인이었지만, 당시 여자에 대해 아는 지식은 초등학생 수준이었다.

우리는 결국 내 자취방으로 향했다. 팔짱을 계속 낀 채로 슈퍼에 들러 라면과 달걀, 햄 그리고 하이트 맥주 4병을 샀다. 아마 다른 사람이 보면 오래된 연인처럼 보였을 것이다.

집에 도착하자마자 나는 평소에도 잘 하지 않는 밥을 했다. 전기밥통이라도 있어서 정말 다행이라는 생각이 들었다. 집에서 보내준 반찬 몇 가지를 꺼내고, 달걀프라이를 했다. 라면도 끓였다. 작은 상에 올리고 보니 나름 그럴듯한 식사가 되었다. 그녀는 걱정했던 것보다 맛있게 먹었다. 물잔에 하이트 맥주를 따라서 건넸지만, 그녀는 술은 입에 대지도 않았다. 어색하고 낯선 이 상황을 버티기 위해 나 혼자서 술을 연거푸 마셨다.

식사는 생각보다 일찍 끝이 났다. 두 번째 만난 남녀가 작은 방 안에서 마땅히 할 만한 것이 없었다. 나는 맥주를 마시면서 TV를 보자고 했다. 맥주를 더 사 오려고 일어서는데 그녀가 또다시 충격적인 말을 내뱉었다.

"다른 오빠들은 나를 보면 어떻게든 안아보려고 하던데 오빠는 그러지 않네."

망치로 머리를 한 대 맞은 것 같은 충격이었다. 자기를 안아달라는 건가? 아니면 다른 남자들과 달리 내가 매너가 좋다는 건가? 그것도 아니라면 여자와 단둘이 있으면서 아무것도 못하는 바보라는 건가? 또 머릿속에서 수만 가지 상상의 나래를 폈다.

그때 내 왼쪽 머리 위로 또 다른 자아가 나타났다. 그리고 내게 속삭였다. '여자와 단둘이 있다고 해도 감정 확인 없이는 아무 짓도 하면 안 돼! 매너 좋은 남자가 진짜 멋진 남자야.' 그런데 이번에는 오른쪽 머리 위로 음흉한 자아가 나타나서 나를 다그쳤다. '여자와 단둘이 한 방에 있는데 이런 기회를 그냥 날려 보낸다고? 너 바보야!' 내 안에서 두 자아가 서로 싸우고 있었다. 나는 누구의 말을 들어야 할지 몰라 안절부절하고만 있었는데, 머리에 뿔이 난 음흉한 자아가 다른 자아의 목을 조르고 있었다.

나는 그녀에게 조심스럽게 키스를 해도 되는지 물어보았다. 그녀는 아무 말도 하지 않았다. 나는 침묵이 긍정의 사인이라고 생각했다. 천천히 그녀의 입술에 다가갔다. 내 입술이 그녀의 입술에 살짝 닿으려는 순간, 무언가 설명하기 어려운 서늘한 느낌이 들었다. 눈을 살짝 떴는데 그대로 심장이 멎을 뻔했다.

그녀는 눈이 큰 편이었는데, 두 눈을 똑바로 뜬 채 나를 빤히 쳐다보고 있었다. 아이고~ 심장이야! 마치 어릴 때 들었던 싱크대 할머니 귀신(밤 12시가 되면 싱크대 틈으로 할머니가 쳐다보고 있다는 괴담)이 쳐다보고 있는 것처럼 섬뜩했다. 정말 무서웠다.

그녀는 내가 지금까지 상상할 수 있는 유형의 사람이 아니라는 생각이 들었다. 지금 생각해도 결코 평범한 사람은 아니었다. 그런 일이 있고 난 후, 그 여학생과는 자연스레 연락이 뜸해졌다. 물론 연락할 엄두도 나지 않았다.

그렇게 조금씩 잊혀간다고 생각할 무렵, 그녀에게서 갑자기 연락이 왔다. 그것도 새벽 5시에. 당시에는 휴대폰이 없던 시절이었다. 새벽녘에 자취방의 정적을 깨는 유선 전화가 울렸다.

"오빠. 저에요. OO이."

그녀였다. 당황스러웠지만, 한편으로는 무슨 일인지 걱정이 되었다.

"제가 새벽에 학교 가는 길에 차 사고가 났는데, 병원 가려면 급하게 돈이 좀 필요해요. 오빠 돈 좀 보내줄 수 있어요?"
"어, 정말? 얼마나 필요해?"
"얼마나 보내줄 수 있는데요?"
"글쎄, 잠깐만."

당시 나는 S은행 계좌로 부모님께 한 달에 한 번 용돈을 받아서 쓰고 있었다. 통장 잔액을 확인하니 2만 8천 원이 남아 있었다. 보통 월초에 용돈이 들어오는데 그때가 월말이라 잔고가 얼마 없었다. 나는 태연하게 2만 8천 원이 있는데, 당장 은행으로 뛰어가서 송금하겠다고 했다. 내 말이 끝나기 무섭게 전화가 거칠게 끊어졌다. 그날 이후로 그녀는 더 이상 나에게 연락하지 않았다.

그때 통장에 2십 8만 원이 있었어도 나는 다 보내줬을 것이다. 마침 월말에 전화한 그녀에게 새삼 감사하다는 생각이 든다. 월초였으면 아마 용돈 전부를 이체해주고 두 번 다시 그녀를 볼 수 없었으리라.

만약 당시에 하이트를 4병이 아닌 20병쯤 마셨다면 어떻게 되었을까? 아마 내 한 학기 대학교 등록금 정도를 날려 먹은 후에 어머니한테 죽도록 얻어맞고, 욕을 한 바가지 들었겠지. 어쩌면 한 학기 정도 휴학을 고민하거나 군대로 도망가지 않았을까? 그나저나 내가 했던 월드컵 인터뷰는 라디오에 나오긴 한 건가? 그걸 안 찾아봤네.

인터미션

이즈음에서 이 책을 읽는 분들이 이런 생각을 할 수도 있다.

"책 제목이 『개와 술』인데 첫 단락에서만 잠깐 개 이야기가 나오고 왜 술 이야기밖에 없는 거야?"

그렇다. 이 책은 술 이야기가 주다. 왜냐하면 그 술을 마시고 있는 내가, 이 책을 쓰고 있는 이 사람이, 거의 개와 비슷하기 때문이다.

우리 집에는 사람 두 명과 개 한 마리가 아닌, 사람 한 명과 개 두 마리가 살고 있다. 이미 눈치채신 분도 있겠지만 혹시 둔감하신 분들을 위해서 미리 알린다. 이 책은 술을 마시고 개가 되거나, 개가 된 사람이 술을 먹는 이야기다. 그러니 이후라도, '왜 개는 안 나오지?' 궁금해하시지 마라. 이미 개는 처음부터 등장했었다.

대형견 두 마리중에 사람 말을 할 줄 아는 큰 개 한 마리가 전 세계를 돌아다니면서 어떤 술을 마시는지 2부를 기대해 주시라.

여기까지 읽은 분들이라면 아마 대부분 술 생각이 간절해졌을 것이다. 그래서 잠시 쉬는 것이다. 이제 곧 2부가 시작되오니, 가까운 편의점으로 뛰어가거나 냉장고를 뒤져서 본인이 원하는 술을 들고 편안한 자리에 착석해 주시기를 바란다. 너무 급하게 서두르지 않아도 된다. 캔 뚜껑을 따거나, 병뚜껑을 따면 2부가 시작되니까.

12

썸씽스페셜과 대한민국 경찰

마흔이 넘은 남자들이 술을 많이 마시면 희한하게 지상보다는 자꾸 지하로 내려가고 싶어진다. 적어도 나와 내 친구들은 그렇다. 지상보다 조용하고 아늑한 느낌이 들어서 그런 것 같다. 놀라운 건, 지상의 시간보다 지하에서의 시간이 몇 배로 빨리 지나가는 것처럼 느껴진다. 그리고 더 놀라운 건, 지상보다 훨씬 큰 금액이 찍힌 명세서를 다음 날 아침에 발견한다는 것이다. 보통 그럴 땐 아침의 숙취보다 카드값 때문에 극렬한 두통에 시달리게 된다. 가끔 명세서만 주머니에서 발견되고 지갑이 없을 때는 정말 응급실로 가고 싶어진다.

어느 날, 회사 입사 동기 한 명이 팀장 때문에 극심한 스트레스에 시달린다고 연락이 왔다. 안 그래도 술 마실 건수를 찾고 있던 나에게는 더할 나위 없는 좋은 기회였다.

"우리가 이 험한 세상, 회사와 조직에서 어떻게 대처할지 함께 의논해야 하지 않겠어. 언제 끝나? 이쪽으로 넘어와. 한잔하면서 이야기하자."

굉장히 심각한 대화처럼 들리지만, 사실 그냥 술 한잔 마시고 싶다는 우리만의 다른 표현이다. 어려운 친구의 고단함을 들어주는 의리의 술이니, 더욱 의미 있는 술이 아닐 수 없다.

우리는 퇴근 후 동네 유명 곱창집에서 만났다. 보통 술자리 처음에는 팀장이 얼마나 얍삽하고 일을 많이 시키며, 자기 잇속만 챙기는지 아주 죽을 것 같다는 이야기가 주를 이룬다. 그러면 나는 같이 욕을 하며 맞장구를 쳐주는 것이 술자리 순서다. 술이 점점 들어갈수록 팀장은 서서히 악마가 되어간다. 옆에서 들으면 아마 회사를 통째로 말아먹거나 채찍으로 부하직원들을 때리는 거라고 오해할 정도의 대화가 이어진다.

소주가 4병 정도 넘어가면, 잘 알지도 모르는 그 팀장에게 내가 알고 있는 욕의 90% 정도를 쏟아 내며 친구의 어깨를 토닥여준다. "세상 다 그런 거지 뭐!" 소주가 5병째 추가되면 친구는 눈이 절반쯤 풀리고, 어느새 기분이 좋아져서 "그래도 팀장이 사람은 좋아." 이런 마음에도 없는 말들을 하게 된다. 그러면서 말끝에는 항상 숫자 '18'을 감탄사처럼 내뱉는다. 그쯤 되면 야속하게도 맛집은 영업이 끝나는 시간이다. (맛집은 왜 항상 9시 반이면 문을 닫는 걸까?)

우리는 곱창집 앞에서 담배를 한 대씩 피웠다. 친구를 보니 이제 팀장은 악마의 화신에서 동네 형이 된 듯하다. 팀장에게 전화하겠다는 걸 겨우 뜯어말렸다. 친구는 사실 팀장의 잘못이 아니라 그 위에 상무가 '개또라이'라고 말했다. 그렇게 이야기를 하다 보면, 결정적으로 회사 사장이 가장 나쁜 놈이라는 결론에 도달하게 된다.

그러면 우리는 이 사회의 불합리성과 우리가 당면한 현실에 대해서 진지하게 또 한잔하며 이야기해야 한다고 목소리를 높인다. 그런 대화는 지상보다는 지하가 제격이다. 우리는 목청껏 노래도 부르며 스트레스를 풀 수 있는 2차 장소를 찾기 시작했다.

골목길을 전전하다가 도로 길 건너에 거대한 간판 하나가 반짝거리는 것이 보였다. '이리 와. 어서 와!' 하면서 우리를 부르고 있었다. 우리는 자연스럽게 이끌리듯 그곳으로 향했다. 보통의 노래방과는 다르게 조금 고급스러운 느낌이 들었지만, 오늘 같은 날은 그런 건 따지지 않기로 했다. 우리는 한국전쟁을 이제 막 마치고 돌아온 전우처럼 어깨동무를 하고 구불구불한 지하로 내려갔다.

술집은 생각보다 깔끔했고, 주인은 매우 친절하게 반겨주었다. 우리는 기분이 좋아져서 굳이 필요 없는 가장 큰 방을 달라고 외쳤다. 주인도 덩달아 신이 나서 우리에게 한국 최고의 양주를 추천해주었다.

주인이 가져온 것은 썸씽스페셜Something Special이었다. 우리는 가격도 물어보지 않고 주인이 주는 대로 마시기 시작했다. 더구나 주인은 기본안주와 맥주를 서비스로 준다고 해서 우리를 더욱 기쁘게 만들었으나, 생각해 보니 공짜일리가 없지 않는가!!!

이제 우리는 지상에서의 고달픈 현실을 뒤로하고, 지하에서 내가 전생에 분명 가수였다는 듯이 다양한 노래에 심취하기 시작한다. 가사 내용도 모른 채, 퀸Queen의 명곡들부터 제정신일 때는 절대 할 수 없는 메탈리카Metallica의 'Enter Sandman' 따위를 겁도 없이 불러대었다.

재미있는 건, 한 치의 오차도 없이 잘 부른다며 서로의 노래에 감동 받는 우리의 모습이다. 우리는 팝에서 트로트까지 모든 장르를 완벽하게 소화해내고 있었다. 중간중간 나비넥타이 비슷한 것을 맨 젊은 친구가 들어 와 귓속말을 하기도 했는데 전혀 알아들을 수가 없었다. 뭔지 모르지만 무조건 오케이 했다.

얼마나 시간이 지났을까? 우리는 소파에서 잠이 들어버렸다. 누군가가 나를 깨웠다. 집인 줄 알았는데 둘러보니 아직 술집이었다. 친구는 어디 있지? 아, 저기 있구나. 친구는 신발까지 벗어두고 자기 집 안방인 듯 편안하게 잠들어있었다. 와이셔츠는 둘둘 말려서 배가 훤히 다 보인 채로. 그래도 다행이다. 숨은 쉬고 있는 것 같으니.

"사장님, 계산하셔야죠."
"아, 계산! 해야죠. 얼마예요?"
"48만 원입니다."

헉! 4만 8천 원이 아니고. 48만 원! 테이블을 보니 주인이 강력 추천했던 썸씽스페셜이 3병이나 나뒹굴고 있었다. 하와이도 아니고 저 과일 산더미는 뭐지? 과일을 먹은 기억이 없다. 어? 저 마른안주는 입도 안 댄 것 같은데 언제 시켰지? 그리고 헤아리기도 힘든 맥주병들이 쌓여 있었다. 기억은 잘 나지 않지만 어쨌든 계산은 해야 한다.

나는 지갑을 꺼내 현금을 확인했다. 지갑 안에는 운전면허증, 동네 도서관증 그리고 체크카드 하나가 다였다. 체크카드에는 잔액이 얼마 남아 있는지 뻔히 알고 있었다. 그때 아마 9,800원 정도 있었을 것이다. 나는 취한 와중에도 재빠르게 이 난감한 상황을 어떻게 모면해야 할지 고민했다. 친구는 아무리 깨워도 도무지 일어날 생각을 하지 않았다.

"죄송한데, 내일 제가 계좌로 이체해 드리면 안 될까요? 제가 명함 드리고 가겠습니다."

우리를 반기던 주인의 표정과 말투가 한순간 무섭게 바뀌었다. 아마 술 취한 아저씨 둘이 돈도 없이 '무전취음'하려는 걸로 생각하는 듯 보였다. 하지만 나는 아무리 술을 많이 마셔도 돈을 내지 않거나 그냥 도망가는 나쁜 놈은 아니다. 주인은 점점 격양된 목소리로 경찰을 부르겠다고 겁을 주었다. 나는 경찰이라는 말을 듣자마자 남아 있던 취기가 확 올라오면서 화가 났다.

"경찰? 그래 경찰 불러! 계산하면 될 거 아니야!"

말하고 나서 곧바로 후회했다. 그리고 김여사에게 재빨리 전화했다. 그때가 새벽 3시가 조금 넘은 시간이었다.

"지금 당장 체크카드로 48만 원만 보내."

"응? 뭐라고?"(자다가 일어난 상태로 비몽사몽이었음)

"급한 일이 있어서 그래. 지금 바로 48만 원 송금해줘. 빨리!"

전화를 끊자마자 정말 놀랍게도 잠시 후에 경찰이 왔다. 경찰은 우리 방을 둘러보았다. 소파에 널브러져 자고 있는 아저씨 한 명, 바닥에 나뒹굴고 있는 구두와 서류 가방. 다른 아저씨 한 명은 조금 깬 것 같은데, 와이셔츠는 다 구겨진 채 벌게진 얼굴로 넋을 놓고 소파에 앉아 있다. 경찰은 우리를 어이없게 바라보았다. 그때 나는 무슨 용기가 생겼는지 경찰에게 이렇게 말했다.

"대한민국 경찰이 이 새벽에 돈이나 받으러 다니면 됩니까? 우리가 계산을 안 한다는 것도 아니고 말이지. 지금 돈 보내라고 했으니까 여기 신경끄고 어서 가시라고요! 경찰이 이런데 다닐 시간 있으면 나쁜 놈들 잡으러 다녀야 하는 거 아닙니까?"

적반하장도 유분수지. 신고받고 온 경찰은 황당한 표정이었다. 나는 과장되게 쩌렁쩌렁 울리는 목소리로 말하고 나서 체크카드로 계산을 했다. 그제야 경찰도 돌아갔다. 난 전쟁을 마친 패잔병처럼 술에 취한 90kg 거구를 들쳐 매고 술집을 나왔다.

욕심 같아서는 썸씽스페셜이 좀 남았고 마른안주는 먹지도 않았다는 억지를 부리고 싶었지만 참았다. 같이 싸울 전우도 전사를 해버렸으니 그냥 조용히 가는 게 낫다. 무엇보다 새벽에 잠결에 48만 원을 갑자기 이체한 김여사 생각이 들자 온몸에 한기가 느껴졌다. 술이 조금씩 깨면서 집에 가면 프라이팬으로 맞아 죽을 수도 있을 것 같았다.

지하에서 지상으로 올라오자, 세상이 달리 보였다. 새벽 3시가 넘은 지상에서 보는 하늘은 달빛이 너무 좋았다. '아~ 지상이다. 이제 그만 집에 가자!' 내일 출근도 해야 하는데 친구는 아직 노래방에서 헤어나오지 못하고 연신 '돌리고 돌리고 돌리고'를 부르고 있다. 그놈의 썸씽인지, 떰씽인지 젠장! 스페셜은 뭐가 스페셜이야!

그렇게 취하고도 나는 아침에 숙취약 두어 병을 마시고 출근했다. 숙취로 책상에 엎드려 있는데 전사했던 전우에게

서 카톡이 왔다.

'나 연차 냈어. 아우 죽겠네. 그런데 팀장한테 새벽에 전화가 왔었네. 무슨 일 있었나?'

어제 나온 술값을 반으로 나눠야 한다고 말하려다가 참았다. 그래, 달빛이 좋았으니까 됐다. 그리고 경찰까지 힘들게 했으니까 그 죗값은 내가 받자. 술값도 내가 내고.

대한민국 경찰분들, 죄송합니다. 바쁘신데 두 번 다시 어려운 걸음 하지 않도록 먹은 건 바로바로 계산하겠습니다. 충성!

13

술과 함께 한 아빠의 청춘

술을 많이 드신 날이면 아버지는 유독 집에 오기 전부터 시끄러웠다. 동네 사람들이 "서씨 아저씨, 오늘 한잔했나 보네." 하면서 모두가 다 알 정도였다. 아주 멀리서부터 고함을 지르고 오니 다 알 수밖에.

아버지는 당시 워커(군인이나 작업자들이 신는 굽이 큰 신발)라고 불리는 신발을 주로 신으셨는데, 술만 취하면 언제 떨어질지 모르는 철제 대문을 워커로 걷어차면서 집으로 들어오셨다. 대문을 차는 소리의 크기로 우리는 그날 아버지가 어느 정도 취한 건지 예상할 수 있었다.

그러던 어느 날이었다. 당시 우리 집은 작은 마당과 옥상이 있는 단층 건물이었다. 언제나처럼 아버지의 쩌렁쩌렁한 목소리가 멀리서 들려왔다. 그리고 이내 대문을 걷어차는 소리가 들렸다. 쾅! 쾅! 오늘 소음으로 보아 경계 태세 1급 수준이다.

우리 가족은 나름대로 아버지의 주사를 1급부터 5급 정도로 구분하였는데, 1급이면 형이 내 손을 잡고 집을 떠나야 한다는 경계경보나 마찬가지였다. 대문이 활짝 열리고 아버지는 워커를 신은 채로 집 안 거실까지 성큼성큼 들어왔다.

평상시 경계 1급이면 거실에서 어머니는 벌벌 떨고 있고, 형은 내 손을 잡고 아버지가 들어오기 전에 뒷문을 통해 할머니 집으로 도망가는 게 일반적인 훈련지침이다. 그런데 이상하게 그날은 형이 내 손을 잡지 않았다. 집 밖으로 나가지도 않았다. 놀랍게도 형은 거실로 들어오는 아버지 앞으로 다가섰다. 아버지는 워커를 신고 있었고 형은 맨발이었다.

형의 행동에 잠시 당황한 아버지는 이내 주변을 두리번거리며 던져서 깨질 것을 찾았다. 형에게 일종의 경고를 할 생각이었을 것이다. 아버지는 작은 방에 있던 기타를 들고 와서 형 앞에서 던지려고 했다. 바로 그 순간!

형이 기타를 든 아버지의 왼쪽 손목을 잡았다. 아버지는 몹시 당황했다. 힘으로 형을 제압할 수 있다고 생각했지만, 형의 힘도 만만치 않았다. 두 남자는 잠시 힘겨루기를 했다.

아마 형은 젖 먹던 힘까지 모아 모든 힘을 쏟아 냈을 것이다. 반면 아버지는 취해서 100% 힘을 다 쏟지는 못했을 것이다.

그때처럼 형이 늠름해 보인 적이 없었다. 당시 형은 고등학교 2학년이었고, 키는 아버지보다 컸다. 난생처음으로 아버지에게 대들었고 힘으로 대등하게 맞섰다. 무엇보다 엄마와 동생인 나를 보호했다.

형은 아버지에게 그만하라고 말했다. 순간 굳어진 아버지의 얼굴이 아직도 생각난다. 아버지는 형을 노려보다가 이내 체념한 눈빛으로 안방으로 들어가 버렸다. 다행히 기타는 내동댕이쳐지지 않았고, 잠시 후에 아버지의 코 고는 소리가 들리면서 모든 일은 마무리가 되었다.

우리는 단 한 번도 아버지를 힘으로 제압할 수 있을 거라고는 상상도 못 했었다. 그날 형은 우리 집의 역사를 새롭게 쓴 영웅이 되었다. 그렇다고 그 이후로 아버지가 술을 줄이거나 대문을 걷어차는 일이 중단되거나 하지는 않았다. 단지 집안에 형이 있을 때는 그 전보다 술주정이 조금 줄어든 것을 느낄 수 있었다.

이런 아버지의 모습을 보고 자랐기 때문에 나는 어릴 때부터 절대로 성인이 되면 술과 담배(아버지는 담배도 엄청나게 피우셨다)를 하지 않겠다고 수없이 다짐했다. 세상에서 술과 담배가 제일 싫었기 때문에 난 어른이 되어도 절대 하지 않을 줄 알았다. 그런데 나이가 들어보니 술은 말할 것도 없고 담배도 피우는 중이다. 더구나 술 마시고 사고 친 것만 따져도 아버지보다 덜하지 않은 것 같다.

아버지는 이제 80세를 바라보신다. 예전만큼은 아니지만 그래도 아들 둘이 오면 소주 한 병 정도는 여전히 드실 수 있다. 누가 아버지 아들이 아니랄까 봐 형과 나도 술을 많이 마신다. 그렇게 서씨 삼부자가 모이면 여전히 소주 2~3병에, 맥주 2~3병, 그리고 막걸리 대[大]자로 3통 정도는 기본으로 거뜬히 비운다.

한 번은 우리 삼부자가 함께 술을 마셨는데, 내가 취해서 아버지 볼에 뽀뽀를 한 적이 있다. 이를 본 어머니가 "나는 왜 안 해주느냐?"고 질투를 해서 어머니에게도 뽀뽀를 해드렸다. 그날 아버지는 처음으로 고백하듯이 우리 어린 시절의 이야기를 꺼내셨다.

"너희 어릴 적에 내가 종종 술에 잔뜩 취한 적이 있었는데 그때 무슨 일이 있었는지 아느냐?"

우리가 알 리가 있나? 그 시절에는 물어볼 생각도 하지 못했다.

아버지는 고향에서 취업하고 싶었지만, 고졸이라 취업이 마땅치 않았다고 한다. 그러다가 아는 친척의 소개로 당시에는 나름 대기업이었던 곳에 입사하게 되었다.(그때는 누구 소개로 취업이 가능하던 시절이었다) 그렇게 입사는 했지만, 아무리 나이가 들고 경력이 쌓여도 고졸 출신이라는 이유로 진급이 잘 안 되었다. 아버지는 퇴직할 때까지 계속 만년 '주임'으로만 지냈다. 그러나 단순히 진급이 안 되는 것만이 문제가 아니었다.

진급 시즌만 되면 서울 본사에서 나이가 10살 넘게 차이 나는 어린 과장이 지방으로 내려왔다고 한다. 그런데 그 어린 상급자가 아버지에게 갖은 잡일을 시키는 것도 모자라, 말 한마디에 수시로 업무 변경이 되고 자리 변동을 지시했다는 것이다. 한때는 큰 기름 탱크차를 운전하며 전국을 누비던 아버지였지만, 상급자의 한 마디에 내근직으로 눌러앉기도 했던 모양이다. 아버지는 어린 과장에게 '네, 알겠습니다.' 말고는 할 수 있는 것이 없었다고 했다. 그런 일이 있을 때마다 아버지는 술을 엄청 마시고 집에 돌아와 그 난리를 피웠던 것이다.

나도 회사를 16년 넘게 다녀봐서 당시 아버지의 심정이 어땠을지 조금은 짐작이 간다. 당시 아버지가 얼마나 가슴 아프고, 우울하고, 비참했을지 느껴지기도 한다. 그날 아버지의 이야기를 듣고 아버지를 아주 조금은 이해할 수 있었다.

그래서 취한 김에 처음으로 47살이나 먹은 아들이 뽀뽀를 한 것이다. 그걸 본 어머니는 난 고생 안 한 줄 아느냐며 그런 아버지 옆을 지키느라 평생 '쎄가 빠졌다'(혀가 빠질 정도로 고생을 많이 했다는 전라도 사투리)고 주장하셨다.

이제 고향에 가면 늙은 아들이 더 늙은 아버지에게 달려들어 뽀뽀하는 이런 일이 종종 일어난다. 아버지가 주무시면 어머니는 언제나 나에게 아버지와 이혼을 해야 한다고 말한다. 정작 내가 당장 이혼하라고 하면, 슬그머니 자리를 피하면서 "막걸리 엥간히 묵고 어여 드가라"고 하신다. 아버지와 정말로 헤어지고 싶은 건 아닌 것 같다. 그런 어머니를 볼 때마다 전라도 촌에서 술 좋아하는 남편을 만나, 또 술 좋아하는 아들 둘을 키우고 살아간다는 것은 보통 일은 아니라는 생각이 든다.

삶이라는 것이 정답이 정해진 게 아니라 그냥 사는 것은 아닐까? 받아들이면서 사는 것이 차라리 마음 편한 것이 아닐까? 지금 나의 어머니처럼. 지금 내 나이 정도의 아버지와 어머니는 그렇게 살아왔을 것이다.

술과 함께 한 아버지의 청춘은 끝이 났지만, 아들의 청춘은 아직 진행되고 있다. 아버지의 젊은 날처럼 비슷하게 술 마시고 사고 치면서. 오늘 밤에는 고향에 전화해서 아버지에게 '아빠의 청춘' 노래를 불러 드려야겠다.

14

로마 경찰에게 '삥' 뜯기고 마신 끼안티 클라시코

2013년, 여름 휴가를 어디서 보낼까 고민하다가 이탈리아로 가기로 했다. 이유는? 한 번도 안 가봐서! 로마를 들렀다가 이탈리아 북부 쪽으로 돌아보는 코스로 잡았다. 그런데 여행도 떠나기 전부터 고민이 많았다. 로마 여행을 다녀온 사람들의 후기 때문이었다. 하나같이 집시가 너무 많으니 지갑을 조심하라는 이야기였다. 나는 고민을 하다가 기가 막힌 묘안을 생각해냈다.

'그래 거지처럼 다니자. 최대한 어수룩하게!'

면도는 물론이고, 머리도 일부러 감지 않았다. 허름한 점퍼에 등산용 바지, 혹시 몰라 점퍼 안으로 매는 복대까지 철저하게 준비했다. 누가 봐도 돈 한 푼 없이 동네 뒷산에 올라가는 아저씨처럼 보였을 것이다. 하지만 나는 마음만은 편안하고, 당당하게 로마행 비행기에 올랐다.

그날은 로마의 유명 관광지인 콜로세움에 가는 길이었다. 나와 김여사는 시내에서 콜로세움으로 가는 버스를 탔다. 그런데 버스를 타자마자 갑자기 로마 경찰이 버스에 올라탔다. 어떤 나쁜 놈을 잡으러 왔나 싶었는데, 웬걸 경찰이 나에게 다가오는 게 아닌가! 경찰은 내가 버스표를 끊지 않고 탑승했다고 말했다. 나는 아니라고 했다.

로마 버스는 구매한 버스표를 운전석 뒤쪽에 있는 티켓기계에 승객이 직접 긁게 되어 있다. 버스 운전사는 승객이 버스표를 긁는지 아닌지 정확히 알 수 없다. 나는 긁은 버스표를 경찰에게 내밀었으나, 경찰은 이 버스표가 아니라고 했다. 이렇게 황당할 수가!

나와 경찰이 버스표를 두고 실랑이를 하는 사이, 버스는 계속 정차하고 있었다. 버스 안 승객들이 모두 우리(아마 돈 없는 동양인 부부로 보았을 것이다)를 짜증스러운 표정으로 보고 있었다.

로마 경찰은 더 황당한 말을 하기 시작했다. 우리가 처음부터 무임승차를 할 것 같아서 계속 유심히 지켜보고 있었다는 것이다. 그런데 역시나 티켓을 구매하지 않고 탑승하는 걸 보고 잡으러 왔다고 계속 주장했다. 다급해진 김여사는 상황을 듣더니 말도 안 되는 영어 방언이 터졌다.(여행 내내 한 번도 영어를 하지 않았다)

"We... 음. 그러니까... This Ticket... Check."

나도 무슨 말인지 모를 정도였으니 로마 경찰이라고 알아들었을까. 로마 경찰은 김여사의 말은 무시하고 자기 말만 계속했다.

"버스표를 구입하지 않았다는 것을 인정하면 지금 여기서 50유로 벌금을 내면 된다. 만약 인정하지 못하겠으면 경찰서로 함께 가야 한다. 그러나 경찰서에서 버스표 구매한 것이 확인되지 않으면 100유로를 내야 한다. 어떻게 할래?"

이 무슨 황당한 말인가. 언어도 잘 안 통하는데 현지 경찰서에 가서 무슨 수로 버스표 구매를 증명할 수 있겠는가. 이미 나에겐 선택의 여지가 없었다. 내가 경찰의 말을 그대로 아내에게 전해줬더니 김여사는 눈이 커지면서 입에 거품을 물었다.

"We... go... 음... 어. 가자고! Police now. 어... 가서 확인해!"

나도 이 부당함을 경찰서에서 어떻게든 해결해 보고 싶었다. 하지만 50유로를 아끼려고 오늘 일정을 모두 버릴 수는 없었다. 무엇보다 경찰서에서 과연 나의 결백을 증명할 수 있을지 자신이 없었다. 결국 그 자리에서 로마 경찰에게 50유로를 '삥'뜯겼다. 돈을 받자마자 아주 의기양양하게 경찰은 버스에서 내렸다.

로마에서 그렇게 집시를 조심하라고 했는데 현지 경찰에게 당하게 될 줄이야!!! 경찰이 돌아간 후, 티켓 기계 앞에 앉아 있는 이탈리아 여성에게 내가 버스표 긁는 걸 보지 않았느냐고 물어보았다. 그러나 그녀는 아무런 대답도 하지 않았다. 아~ 이탈리아!

우여곡절 끝에 콜로세움을 보고 숙소로 돌아가는 길이었다. 해는 지고 구글 지도로 검색한 숙소는 쉽게 찾아지지 않았다. 저녁 시간이 다가오자 거리는 점점 조용해졌고, 골목에 인적도 거의 없었다. 어디선가 집시나 경찰이 떼로 몰러나와 50유로를 내라고 할지도 모른다는 두려움이 몰려왔다. 두렵고, 배는 엄청 고프고, 숙소는 찾을 수가 없고. 그야말로 로마에서 최악의 하루였다.

그렇게 골목길을 헤매고 있을 때 정말 거짓말처럼 골목 한쪽에 불이 켜진 작은 레스토랑이 나타났다. 우리가 어릴 적 동화에서 보던 과자로 만든 집에서 새어 나오는 그런 불빛이었다. 너무나 따뜻하고 반가운 불빛이라 들어가지 않을 수 없는.

식당 안에는 한 명의 아저씨가 이미 식사를 하는 중이었다. 종업원이 우리를 보고 앉으라는 손짓을 했다. 우리는 안도의 숨을 내쉬며 자리에 앉았다. 메뉴판에서 겨우 내가 알아볼 수 있는 음식 두 가지를 주문했다. 그렇다. 한국인이 가장 잘 아는 스파게티와 리조또였다.

와인도 한 병 주문했다. 이름은 끼안티 클라시코Chianti Classico. 이탈리아 중부지역에서 생산되는 와인으로 D.O.C.G 등급이다.(이탈리아 와인 등급 중 최고급에 속한다) 보통 프랑스나 이탈리아 등지에서 와인을 생산 유통할 때, 국가에서 정해준 등급표시가 있다. 어느 지역에서 만들고, 어느 등급인지를 확인할 수 있다. 그런 등급을 받은 와인이 한 병에 12,000원 정도밖에 하지 않았다. 이 정도면 거의 횡재 수준이다. 역시 와인의 나라이다.

목도 마르고 배도 고파서 와인이 나오자마자 먼저 한 모금을 쭈욱 들이켰다. 그런데 입안에서 축제가 열렸다. 이탈리아 중부지방의 시원한 바람과 영롱하게 익은 포도의 향이 목구멍을 지나 식도를 타고 배 아래로 짜르르 내려갔다. 그 순간, 내가 정말 로마에 와 있다는 것이 새삼 실감이 났다. 그리고 하루 종일 억울하고 힘들었던 몸과 마음에 따뜻한 위로가 전해졌다.

집시와 경찰 때문에 겁을 잔뜩 먹은 채 여행하고 있는 우리의 모습이 떠올랐다. 끼안티 클라시코 와인은 나에게 그럴 필요 없다고 말해주는 것 같았다. 당신은 지금 로마에서 가장 맛있는 와인을 마시며 이탈리아를 즐기고 있을 뿐이라고 친절하게 속삭여주었다. 와인은 나에게 이번 여행을 어떻게 보내야 하는지 가장 강렬하게 이해시켜주었다.

나는 과거 로마제국의 집정관이 되어 로마 황제와 수다를 떠는 장면을 상상했다. 더 이상 겁먹은 여행자가 아니었다. 와인이 거의 비워져 갈 때 즈음, 이제는 이 골목 어딘가에서 잠을 자더라도 절대로 두렵지 않을 거라는 확신이 들었다. 즐거운 식사를 마치고 식당에서 나오자, 놀랍게도 그렇게 찾기 어렵던 숙소가 금방 나타났다. 생각보다 아주 가까운 곳에 있었다.

그날 밤, 나는 억울한 50유로보다는 9유로의 감동적인 와인 한 병을 선물해준 이탈리아에 만족하게 되었다. 그래서 숙소로 들어가는 길에 와인 한 병을 더 샀다. 와인을 마시며 로마의 밤을 제대로 느껴보고 싶었다. 술에 취한 건지 로마에 취한 건지, 그날 나는 콜로세움에서 글래디에이터와 격투하는 꿈을 꾸었다.

나중에 한국에 돌아와서도 이탈리아 와인을 자주 마셨는데, 이상하게 당시의 맛을 느낄 수가 없었다. 현지의 스파게티와 리조또의 짠맛도 두 번 다시 맛볼 수 없었다. 가끔 와인을 고르다가 문득, 끼안티 클라시코를 발견하게 되면 나도 모르게 이렇게 말하게 된다.

"에라이!! 로마 폴리스~ 잘 먹고 잘살아라!"

15

마티니 마시고 두바이 몰에서 주정하기

칵테일은 잘 모른다. 즐겨 마시지도 않는다. 하이볼Highball(증류주에 탄산수나 소다 음료 등을 넣어 얼음과 함께 차게 해서 마시는 음료) 정도는 간단해서 마시는 편이다. 그것도 누가 만들어주면. 이쯤에서 내 자랑을 하나 하자면, 국가 공인 자격증인 '조주 기능사 자격증'이 있다. 일명 바텐더 자격증이다. 그런데 칵테일은 별로 안 마신다니 조금 아이러니하기는 하다.

두바이에 가면 전 세계에서 가장 큰 쇼핑몰이 있다. 바로 두바이 몰이다. 얼마나 크냐면 하루 종일 걸어도 몰을 다 보기가 쉽지 않다. 주차장 표식을 잘 봐두지 않으면 나갈 때

차를 못 찾을 확률이 90%가 넘는다. 그 정도로 넓고 큰 곳이다. 몰 안에 백화점 브랜드만 5개가 넘고 대형 마트부터 병원, 대형 수족관, 고급 레스토랑, 패스트푸드점까지 없는 게 없다. 세상 모든 고급 브랜드 숍이 거의 다 들어와 있다.

두바이 몰이 유명한 건 엄청난 규모 때문이기도 하지만, 무엇보다 세상에서 가장 높은 빌딩인 부르즈 칼리파Burj Khalifa와 붙어있기 때문이다. 건물 밖에서 보면 각자의 건물로 보이지만, 내부에서는 부르즈 칼리파와 두바이 몰이 연결되어 있다. 부르즈 칼리파 옆에 두바이 몰이 있고, 그 옆에 어드레스 호텔Address Hotel이 연결되어 있다. 두바이에서 유명한 세 개의 대형 건물이 나란히 함께 있는 형태이다. 세 개의 건물 중앙에는 분수 쇼가 펼쳐지는 곳이 있는데 관광객들이 즐겨 찾는 명소 중 하나이다.

두바이의 어드레스 호텔(두바이에 어드레스 호텔이 많으니 두바이 몰 옆 어드레스 호텔이라고 검색해야 나온다)도 나름 유명한 명소이다. 호텔 외형이 메뚜기를 닮았기 때문이고, 또 다른 이유는 어드레스 호텔 60층에 있는 바Bar의 야경이 두바이 최고라는 소문 때문이기도 하다.

한 번은 아무 생각 없이 반바지에 슬리퍼 차림으로 어드레스 호텔 바에 간 적이 있다. 결과는? 보기 좋게 입장 거절을 당했다. 두바이에서는 특정 호텔 식당이나 바에 입장하려면 호텔의 복장 규정을 준수해야 가능하다. 꼭 참고하시길.(보통 입구에 'Smart Casual'이라고 적힌 경우가 많은데, 아랍인은 현지 복장이 허용된다. 현지 복장은 보통 흰색의 긴 원피스에 슬리퍼를 신는 것을 말한다. 그러나 아랍인을 제외하고는 슬리퍼는 절대로 허용되지 않는다)

그 일이 있은 후, 현지 주재원으로 있는 아는 형님과 다시 그 바에 갈 기회가 왔다. 그 형님은 아부다비에 거주 중이었는데, 두바이에 볼일이 있다고 해서 넘어오는 길에 나와 함께 술을 한잔하기로 하였다. 이왕이면 입장을 거부당한 어드레스 호텔 바에서 술을 마셔보자고 했다. 양복바지에 와이셔츠와 재킷을 입고 퇴근하는 길이어서 복장도 문제없었다.

우리는 무사히 어드레스 호텔 바에 입장했다. 그런데 문제는 우리 수준으로 마실 만한 술이 거의 없었다. 대부분이 너무 비쌌다. 우리가 겨우 맛볼 수준의 술 가격은 칵테일 정도였다. 사실 그마저도 잔당 2~3만 원 수준으로 마음껏 마실 수 있는 가격대도 아니었다.

당시 칵테일에 문외한이었던 우리는 그나마 이름을 들어본 적이 있는 칵테일을 골랐다. 바로 영화 007의 주인공, 다니엘 크래이그가 즐겨 마시던 마티니Martini였다. 마티니는 원래 진Gin이 베이스지만 007의 주인공은 보드카로 먹는다. 젓지 않고 흔들어서.

우리는 007 주인공을 흉내 내면서 처음에는 오리지널 마티니로 진Gin을 넣어서 마셨다. 그다음에는 다니엘 크레이그처럼 보드카로 마셨고, 나중에는 내 마음대로 테킬라나 럼Rum으로도 마셔보았다. 나에게는 모두 비슷비슷한 맛이었다. 그런데 마티니의 은은한 달콤함 속에는 무시무시한 알코올 도수가 숨겨져 있었다.

시간이 지날수록 60층 바에서 바라보는 야경이 점점 근사해졌다. 밤하늘에 뜬 달은 내 심장을 미친 듯이 뛰게 만들었다. 두바이 최고의 야경이라는 소문이 괜히 생긴 게 아니었다. 결국 형님과 나는 '에라 모르겠다. 인생은 한 번뿐!' 뭐 그런 이야기를 주고받으며 급기야 온갖 술을 시키게 되었다. 우리는 겁도 없이 엉망진창이 될 때까지 술을 마셨다. 내가 정신을 못 차릴 정도로 취하자 형님이 김여사에게 전화를 걸어줬다.

당시에 우리는 부르즈 칼리파에 거주하고 있었다. 호텔까지 걸어서 올 수 있는 거리였기 때문에 김여사는 전화를 받자마자 급하게 달려왔다. 그러나 문제는 내가 이미 달빛을 따라

달나라까지 갈 정도로 취했다는 것이다. 김여사 혼자 힘으로 덩치 큰 나를 데리고 가기에 가까운 거리가 아니었다.

더 큰 문제는 쇼핑몰 내부로 나를 데리고 갈 수 없다는 것이었다. 쇼핑몰 내부 연결 통로를 지나면 집까지 금방 도착할 수 있지만 여기는 이슬람 국가이다. 이슬람 국가의 정서상 술 취한 사람이 공공장소에서 돌아다니면 이목을 끄는 것은 둘째 치고, 잘못하면 큰 문제가 발생할 가능성도 다분하다.

어쩔 수 없이 쇼핑몰 외부로 돌아서 가야 하는데 그게 말처럼 쉽지가 않다. 우선 두바이는 밤에도 너무 덥다. 정상적인 사람도 걸어 다니기 힘들다. 그런데 술에 만취해서 몸도 제대로 못 가누는 남자를 끌고 간다는 것은 그야말로 형벌에 가깝다. 김여사는 그 형벌을 받고 싶지 않았던 것 같다. 그리고 내가 그 정도로 많이 취하지 않았다고 착각했던 것 같다. 김여사도 자신의 오판이 그렇게 큰 사건으로 커질 줄은 상상도 못했을 것이다.

그렇다. 김여사는 겁도 없이 나를 데리고 쇼핑몰 안으로 당당하게 들어갔다. 그러나 얼마 가지도 못하고 쇼핑몰이 난리가 났다. 쇼핑몰 경비원들이 우리를 찾아 뛰어오고 있었다. 쇼핑몰 안에서 동양인 여자가 술에 취해 비틀거리는 남자를 힘겹게 데리고 가는 모습을 사람들이 보고 놀랐고, 그 모습이 CCTV에 그대로 찍힌 것이다.

경비원들 네다섯 명 정도가 우르르 몰려왔다.(두바이의 건물 경비원들은 주로 인도, 파키스탄, 아프리카계 사람들이 맡는다) 술에 취한 나를 보자마자 경비원들은 내 팔과 어깨를 붙잡으려고 하였다. 그때 너무 취해서 나의 이성은 이미 두바이 사막에 버리고 온 상태였다. 내 몸을 제압한다는 사실에 화가 나서, 나는 그만 경비원들에게 소리를 지르며 분노를 터뜨리고 말았다. 그러자 쇼핑몰 안에 있던 사람들이 우리 일행을 향해 둥그렇게 원을 만들면서 모여들기 시작했다.

저 멀리서 더 많은 경비원이 몰려들었다. 몇몇 사람들은 이 상황을 휴대폰으로 촬영했고, 경비원들은 술에 취한 나를 어찌할 바를 몰라 우왕좌왕하고 있었다. 나는 매니저를 불러오라고 고래고래 소리를 질렀다.

잠시 후, 매니저로 추정되는 사람이 무전기를 들고 나타났다. 매니저는 주로 경비복이 아닌 검정 양복에 넥타이를 매고 무전기를 소지하고 다닌다.(두바이에서는 주로 아랍인들이 매니저를 맡는다) 매니저는 경찰을 부르겠다고 말했다. 그 말에 놀란 김여사가 짧은 영어로 "집에 가는 길이고 지금 바로 쇼핑몰 밖으로 나가겠다."라고 말했다. 다행히 김여사는 전혀 취해 보이지 않자, 매니저는 이 상황을 빨리 수습하기 위해 김여사와 대화를 시도했다.

매니저 "Where is home?" (집이 어디인가요?)

김여사 "Burj Khalifa." (부르즈 칼리파요.)

매니저 (창밖을 가리키며) "Burj Khalifa?" (부르즈 칼리파?)

김여사 (고개를 심하게 끄덕거리며) "Yes!" (맞아. 그러니 제발 보내줘~)

(두바이 몰 1층에서 창밖으로 부르즈칼리파가 보인다.)

이렇게 만취한 남자가 부르즈 칼리파에 살 줄은 꿈에도 몰랐으리라. 매니저는 그제야 왜 우리가 쇼핑몰 내부로 지나갔는지 상황을 이해하게 되었다. 그렇다고 술에 취한 채로 사람들이 많은 쇼핑몰 안을 다니게 할 수는 없는 노릇이다. 매니저는 쇼핑몰 밖으로 돌아서 가도록 안내를 해주었다. 그리고 친절하게도 김여사 혼자 나를 데리고 가는 것이 힘들 것으로 보여 두 명의 경비원까지 붙여주었다. 그렇게 나는 든든한 경호를 받으며 집으로 돌아갔다.

다음 날 아침, 찢어지게 아픈 머리를 부여잡고 일어났더니, 신기하게도 실제로 절반으로 찢어진 내 명함 한 장이 머리맡에 놓여 있었다. 김여사는 내가 어젯밤 쇼핑몰에서 얼마나 진상을 부렸는지 낱낱이 설명해주었다. 그리고 아마 수십 명이 찍은 나의 동영상이 두바이 어딘가에 돌아다니고 있을 것이라고 말해주었다.

김여사에게 들어보니 어제 경비원들에게 "내가 누군지 알아?"라고 소리를 지르면서 명함을 집어 던졌다고 한다. 김여사는 혹시 나중에 문제가 생길까 봐 명함을 다시 뺏어서 가져왔고 그 과정에서 명함이 찢어졌다고 했다. 그 이야기를 듣자 머리와 함께 가슴도 찢어지는 듯한 통증이 몰려왔다.

이슬람 국가에서는 술을 마시는 것뿐만 아니라 반입, 유통, 음용, 판매도 모두 금지이다. 다만, 아랍에미레이트의 경우 주류 증명서를 발급하는데, 무슬림이 아닌 외국인과 주류 관련 종사자에게 증명서를 발급해주고 이를 소지한 사람에게만 주류를 다룰 수 있게 허용하고 있다.(Alcohol License 라고 한다)

또한 술에 취한 것에 대해서도 관용이 거의 없다. 음주운전은 즉결 구속이다. 물론 음주 측정을 하는 것은 아니지만, 음주운전 사고 발생 시 현장에서 바로 구치소로 간다. 구치소에서는 소지품을 다 빼앗기고, 머리를 삭발시킨다. 실제로 운전하지 않았음에도 주차장에 만취해서 자고 있던 한국인을 신고한 경우가 있었는데, 바로 구속되었다.

참고로 음주로 구속되었던 지인한테 들은 이야기인데, 두바이 구치소에는 인종 서열이 있다고 한다. 구치소 내부에 담배가 들어올 수 있는데, 당연히 라이터는 반입금지이니 성냥으로 불을 붙여서 돌아가면서 담배를 피운다고 한다. 그 불씨를 먼저 받는 순서로 서열이 결정되는데, 그 서열순서는 보통 자국인(U.A.E 국민), 유럽인, 미국인, 다음으로 한국인 순이라고 한다. 믿거나 말거나이지만, 구치소 내에서도 한국의 위상이 드높다는 뜻이다. 한국의 위상을 확인하려고 굳이 구치소를 갈 필요는 없다.

함두릴라!(아랍어로 '알라가 보호하시길'이란 뜻) 나는 정말 운이 좋아 음주로 인해 구속되거나 경찰서를 다녀온 적은 없다. 그러나 술을 좋아하는 사람은 중동 국가를 여행할 때 각별하게 조심하길 바란다.

괜히 007 주인공처럼 술 마시다가는 나처럼 큰일 치를 수 있다. 007 아저씨는 잘 생긴데다 싸움도 잘 하고, 총도 잘 쏘면서 구치소를 멋지게 탈출할 수 있지만, 나는 그저 배 나온 한국 아재일 뿐이니 말이다!

16

코로나 48병 마시고 야밤에 서울 한 바퀴

대학교 3학년 학기 말이었다. 기말시험을 엉망으로 마치고도 학기가 끝났다는 것을 축하하기 위해 오후 5시부터 선배와 술자리를 잡았다. 선수는 2명, 주종은 당시에 유행하던 코로나Corona 맥주였다. 수입 맥주가 흔하지 않던 시절, 코로나는 노란색의 라벨에 레몬을 살짝 끼워서 병째 마시는 맥주로 나름 고급 맥주에 속했다.

코로나를 13병 정도 마실 때 즈음, 2층 술집 문이 열리면서 선수가 한 명 입장했다. 우리와는 상관없는 사람인 줄 알았는데, 이 선수는 터벅터벅 우리 자리로 다가왔다. 그리고 대뜸 자기소개를 하기 시작했다.

"안녕하세요. 저 영어과 OOO이에요. 친구 A가 오빠 여기 있다고 해서 왔어요. 오빠가 와도 된다고 했다던데요."

네? 잠깐! 이건 무슨 상황이지? 나는 정신을 차리고 생각을 더듬어 보았다. 며칠 전 학과 방에서 A 후배가 했던 이야기가 떠올랐다.

"제가 아는 친구가 영어과에 다니는데, 형 좀 소개해 달라고 하는데요."

소개라고? 날 언제 봤다고? 후배 말로는 그녀가 나를 자주 봤다고 한다. 당시에 나는 주로 수업도 안 들어가고 노천극장에서 거의 매일 족구만 했다. 주로 족구를 하면 상당히 시끄럽게 떠들게 되는데, 그 모습을 내내 지켜보았다는 것이다.

내 모습이 꽤 인상적이었는지 그녀는 후배에게 하루종일 족구만 하는 저 머리가 큰 사람은 누군지 물어보았고, 자기를 소개해 달라고 부탁했다고 한다. 당시에 후배의 말을 듣고 무척 기분은 좋았지만, 그냥 지나가는 말로 듣고 잊어버렸다. 그런데 그녀가 정말로 내 앞에 나타난 것이다!

그녀의 등장으로 우리의 기말시험 코로나 파티는 3명의

선수로 늘어났다. 선배와 나는 원래 술을 좋아해서 쉴새 없이 마셔댔지만, 그녀는 술이 익숙하지 않은 듯 보였다. 우리는 빈 맥주병을 테이블에 쌓아두며 주량을 과시했다. 어느새 코로나 맥주가 38병 정도 쌓여가고 있었다.

그런데 갑자기 그녀가 영어를 쏟아 내기 시작했다. 물론 한 마디도 알아들을 수가 없었다. 취해서 잘 못 알아들었다고 하고 싶지만, 맨정신이어도 못 알아들을 수준의 영어였다. 아무리 영어과에 다닌다고 해도 학생 수준은 아닌 것 같았다. 거의 원어민 수준의 발음이었다.

나중에 알고 보니 그녀의 아버지가 외교관이어서 어릴 때부터 여러 나라에서 살았다고 한다. 그녀는 오히려 한국말보다 영어가 더 자연스럽다고 말했다. 문제는 이 영어과 후배의 유일한 술주정이 취하면 영어로만 말한다는 것이다. 거침없는 영어에 놀라기는 했지만, 선배와 나도 나름 온갖 손짓 발짓으로 대화를 이어갔다.

코로나를 막 48병째 테이블에 올리던 참이었다. 갑자기 그녀가 영어로 뭐라고 말하더니 테이블 앞으로 쿵! 머리를 처박았다. 아~ 이런! 다행히 전혀 다친 것 같지 않아 보였다. 하지만 선수 한 명이 탈락했으니 더 이상 코로나 파티를 이어갈 수는 없었다.

어쨌든 나를 만나러 온 후배이니 내가 책임지고 집까지

바래다줘야 할 것 같았다. 선배는 학교에서 기다리고 있을 테니 빨리 그녀를 데려다주고 오라고 했다. 그 이후에 다시 코로나 80병까지 마셔보자고 했다. 콜! 기분 좋게 선배에게 약속한 후에 그녀를 데리고 술집을 나왔다.

조금이라도 빨리 데려다주고 다시 와서 코로나를 마실 생각에 택시를 잡았다. 택시에 탄 후, 그녀에게 집이 어디냐고 물었다. 양재라고 대답했다. 서울에 와서 처음 들어본 동네 이름이었다. 어디인지 정확히는 잘 모르겠지만, 학교 근처에서 그렇게 먼 곳이 아닐 거라고 짐작했다. 그래 봤자 서울 안이겠지!

택시는 동대문구 이문동에서 양재까지 달리기 시작했다. 금방 도착할 줄 알았던 택시는 한강을 따라 계속 달렸다. 뭔가 이상하다는 느낌이 들었다. 학교 근처 말고는 거의 다녀본 적이 없던 나는 택시가 서울을 빠져나가 지방으로 가는 줄 알았다. 택시 미터기에 요금이 올라갈 때마다 심장 박동도 같이 올라갔다. 밤 8시 정도면 다시 학교로 돌아와 코로나를 마실 수 있을 거라는 나의 기대는 물거품이 되어가고 있었다.

그렇게 한참을 달려 양재에 도착했다. 시간은 밤 9시 반 가까이 되었다. 택시에 내리면서 서울이 이렇게 넓다는 것에 놀라고, 택시비가 그렇게 많이 나오는 것에 두 번 놀랐다. 그리고 그녀가 그렇게 취했는데도 자기 집의 방향은 정확하게 알려주는 것을 보고 또 놀랐다.

나는 후배를 부축하고 골목길을 한참 헤매다가 겨우 그녀의 집을 찾았다. 어둠 속에서도 그녀의 집이라는 것을 짐작할 수 있었다. 어느 집 대문 앞에 중년의 남자가 초조하게 서 있었기 때문이다. 그분은 우리를 보자 후배의 이름을 불렀다. 나는 인사를 하고 후배를 보내주었다. 그리고 이제 집으로 돌아가려는 순간!

'짝!'

골목길에 날카로운 소리가 울려 퍼졌다. 짧고 간결하지만 듣는 나까지도 아픔이 느껴지는 소리였다. 그렇다. 아버지가 그녀의 뺨을 때린 것이다. 술에 취해 밤늦게 남자한테 기대어 온 모습을 보고 충격을 받으신 듯했다.

내가 죄를 지은 것처럼 겁이 났다. 인사를 하는 듯 마는 듯하고 나는 도망치듯이 골목을 빠져나왔다. 골목길을 벗어나자 곧 더 큰 문제가 생겼다는 걸 깨달았다. '아참! 돌아갈 차비가 없잖아.'

양재에 갈 때는 다행히 지갑에 비상금이 있어서 택시비를 해결했지만, 내가 돌아갈 차비는 남아 있지 않았다. 다시 돌아가서 그녀의 아버지에게 택시비를 빌려볼까? 잠시 고민했지만 금세 생각을 접었다. 아마 지하에 묶여서 몽둥이로 맞아 죽을 수도 있겠다는 생각이 들었다. 그러면 걸어갈까? 서울 지리도 잘 모르는데 가능할까? 어떻게 찾아간다고 해도 내일 늦은 오후에나 학교에 도착할 수 있을 것 같았다. 다른 방법이 없었다. 나는 택시 기사에게 자초지종을 설명하고 학교에 가서 드리겠다고 양해를 구했다.

다시 학교에 도착하자 밤 11시가 넘었다. 기다리겠다고 약속한 선배는 보이지 않았다. 다행히 기말이라 학교에서 새벽까지 술 마시는 선배들에게 택시비를 빌릴 수 있었다. 코로나를 더 마실까 하다가, 마실 기운도 없어서 그냥 집으로 돌아가 잠이 들었다.

다음 날 이른 아침, 자취방에 전화기가 울렸다. 뜻밖의 목소리였다. 어제 바래다준 그녀의 어머니였다. 맙소사! 이 아침에 무슨 일이지? 긴장을 잔뜩 한 채 인사를 드렸다. 후배 어머니는 느닷없이 우리 아버지와 어머니가 무슨 일을 하는지 물었다. 그리고 어떤 집에서 사는지, 장차 무엇을 할 생각인지, 그리고 자기 딸에 대해서 어떻게 생각하는지 물어보았다.

'어떻게 생각하냐고요? 어제 코로나 48병까지 마시다가 따님이 취해서 제가 데려다준 것밖에 없는데요.'라고 대답하고 싶었으나 차마 말하지 못했다. 딸을 지극정성으로 키운 부모 입장에서 보면 충분히 이해가 되었다. 더구나 딸이 취해서 밤늦게 남자와 함께 왔으니 온갖 상상을 다 했을 것이다. 하지만 비상금까지 털어가며 택시로 딸을 힘들게 모셔다드렸는데 '느그 아부지 뭐하시노?'는 아니지 않은가?

코로나 맥주는 그날 이후로 먹어보지 못했는데 갑자기 코로나 맥주가 확 당긴다. 병에 레몬 꽂아서 마시면 꽤 있어 보이는데. 그나저나 그 영어과 후배는 잘살고 있을까? 여전히 술에 취하면 영어로만 말을 하는지 궁금하다.

"What's Up? Man?"

17

허니문 대참사에서 만난 블루문

신혼여행을 LA로 갔다. 이유는 단 하나. 항공료가 특가였다. 왕복 150만 원. 더구나 국적기로 신혼여행이라니 이렇게 좋을 수가! 또 다른 이유는 LA에 친구가 살았다. '여행 가서 친구에게 얹혀살기' 신공을 펼칠 생각이었다. 이만하면 신혼여행지치고는 더할 나위 없다.

9시간여를 날아서 LA에 도착했다. 아침 9시 반쯤 도착해서 곧바로 LA 시내 투어가 예정되어 있었다. 관광 가이드가 공항 밖에서 우리를 픽업하기 위해 기다리고 있었다. 우리는 재빨리 공항을 빠져나가려고 서둘렀다.

김여사와 나는 따로 여권 검사대 앞에 섰다. 빨리 도장을 받기 위해 최대한 상냥하게 웃으면서 여권을 내밀었다. 여권 검색대의 경찰은 뭐하러 왔는지, 언제 한국으로 돌아가는지 등을 물어보았다. 나는 웃으면서 초등학생 수준의 영어로 대답했다.

"We Honeymoon! Back to Korea after one week... Yes!"

(우리 신혼여행 왔어요. 한국에는 일주일 후에 돌아갈 거예요. 음... 그러니까 빨리 도장 찍어줘~)

곧바로 내 여권에 도장이 '쾅' 찍혔다. 영어 별거 없구만.

기분 좋게 검색대를 빠져나와 김여사가 나오길 기다렸다. 그런데 웬일인지 김여사가 금방 나오지 않는다. '뭐야? 왜 저래? 영어를 못 알아듣나?' 걱정이 스멀스멀 올라오는데 김여사 표정이 어두워지는 것이 보였다.

김여사는 점점 검색대 창구 쪽으로 머리를 들이밀면서 뭐라고 말을 하고 있었다. '그냥 허니문만 하라니까. 코리아 허니문, 오케이? 프랜드 히어 스테이. 노프라블럼.' 이렇게만 하면 되는데. 내가 대신 답해줄 수도 없고 답답했다. 김여사는 계속 여권 검색대 앞에 서 있었다.

잠시 후, 김여사의 여권을 들고 검색대 경찰이 밖으로 나왔다. 그 순간 사태가 심각해지고 있다는 걸 깨달았다. 경찰이 여권을 들고 검색대를 나오는 경우 십중팔구 문제가 생긴 거다. 출장을 많이 다녀봐서 잘 안다.

김여사를 검사하던 경찰이 내가 검문했던 부스로 다가왔다. 나를 검사했던 경찰(중국계 미국인 남자 경찰이었다)도 부스를 빠져나왔다. 그리고 손짓으로 나를 불렀다. 헐! 무슨 일이지? 경찰이 나에게 물었다.

"이란을 다녀온 적이 있습니까?"

예상 밖의 질문이었다. 나는 재빨리 머리를 굴려보았다. 이란을 다녀오면 미국에서 문제가 되는 거 같았다. 미국에 오기 전에 여권을 갱신했기 때문에 현재 내 여권에는 이란 비자가 남아 있지 않았다. 그래서 태연하게 'No.'라고 대답했다. 빨리 끝내고 갈 심산이었다. 그러자 경찰이 김여사 여권을 보여주면서, 그런데 왜 아내의 여권에는 이란 비자가 있느냐고 물었다.

이런! 그때야 생각났다. 두바이 주재할 때 김여사와 이란에 여행을 가려고 비자 신청을 했던 적이 있다. 하지만 이런 저런 이유로 여행은 가지 못했다. 그때의 이란 비자가 김여

사 여권에 남아 있었던 것이다.(이란 비자는 사증이 여권 한 면에 붙여져 발급된다)

나는 경찰에게 상황을 설명했다. 내가 두바이에서 일을 한 적이 있었고, 당시 이란 관광 목적으로 비자를 신청했으나 가지는 않았다고 말했다. 그러자 경찰은 이상하다는 듯이 말했다. "너는 아까 이란을 안 가봤다고 했는데, 아내만 이란 비자를 신청했다고?" 내 거짓말 때문에 상황이 더 꼬여만 갔다. 내가 대답을 똑바로 못하고 머뭇거리자 경찰은 우리를 어딘가로 끌고 갔다. 아! 어디로 가는 것인가? 머릿속은 복잡해져 갔다.

우리가 간 곳에는 벽이 흰색으로 되어 있었고, 교회같은 의자가 일렬로 늘어서 있는 곳이었다. 그 의자에 몇몇 한국인들이 앉아 있었다. 다들 심각한 얼굴로 앉아 있어서 더욱 긴장되었다. 나를 검문했던 중국계 미국 경찰이 사무실 안으로 들어가더니 프린터에서 종이를 여러 장 뽑아왔다. 그 종이는 일종의 나의 출입국 리스트였는데, 3~4장은 되어 보였다. 내가 그동안 다녀온 이란 출입국 리스트였다.

Oh My God! 내 거짓말이 들통나는 순간이었다. 두바이 주재 당시 나는 업무차 이란을 무척 자주 다녔다. 바쁠 때는 한 달에 한두 번도 다녀올 정도였다. 그런데 이란을 가본 적이 없다고 뻔뻔하게 거짓말을 했으니 대大 미합중국 경찰들이 화가 날 수밖에.

그때부터 나는 수백 개에 달하는 질문을 받았다. 왜 거짓말을 했느냐? 이란을 가장 최근에 방문한 적은 언제인가? 당시에 이란에서 무엇을 했나? 하물며 당시 이란 날씨가 어땠는지까지 물었다. 내가 그걸 어떻게 기억하겠느냐고!

김여사는 옆에서 꿀 먹은 벙어리처럼 서 있었다. 장화 신은 고양이처럼 불쌍한 눈으로 초조하게 나만 바라보았다. 그러다 경찰이 질문이라도 하면 금방이라도 눈물이 툭 떨어질 것 같은 표정으로 '허니문! 허니문!'만 외쳐댔다.

한참 동안 심문이 이어진 후 경찰은 이렇게 결론을 내렸다. 회사 일 때문에 이란에 다녀온 한국인 남자와 그 부인이 LA를 왔는데, 영어를 잘 몰라서 이란 방문 사실을 제대로 알리지 못했다는 것으로. 나를 검사했던 중국계 경찰이 우리를 배려해서 그렇게 처리되도록 해주었다. 그 경찰의 도움이 아니었다면 우리는 곧바로 가장 빠른 비행기로 귀국해야만 하는 상황이었다. 그 고마운 중국계 미국인 경찰은 나에게 마지막으로 이렇게 말했다.

"중국에 사는 우리 가족 중 한 명이 롯데LOTTE와 관련된 회사에 다녀요. 그 회사가 한국에서 얼마나 큰 회사인지 잘 알고 있습니다. 믿을만한 회사에 다니고 있으니 당신의 체류를 허용해 주는 것입니다. 지금 임시 방문 허가증을 내줄게요. 단, 조건이 두 가지가 있습니다. 하나는 돌아가는 비행기 일정에 맞춰 반드시 한국으로 돌아가야 합니다. 그리고 다시는 미국에 오지 못할 거예요."

두 번 다시 미국에 오지 못한다는 사실보다, 당장 한국으로 돌아가지 않아도 된다는 사실이 너무 기뻤다. 그래서 고맙다고 했고, 절대로 미국에는 다시 오지 않겠다고 대답했다. 공항에서 무려 6시간을 잡혀 있다가 풀려나왔다.

고맙게도 관광 가이드는 우리를 계속 기다리고 있었다. 나는 우리가 늦을 수밖에 없었던 자초지종을 이야기해주었다. 가이드는 내 이야기를 듣고 정말 다행이라고 했다. 미국 경찰이 그렇게까지 사정을 봐주는 경우는 거의 없다고 한다. 가이드는 고생했으니 시내 구경 전에 잠깐 쉬라며 우리를 햄버거집으로 데리고 갔다.

나는 어질어질한 머리와 울렁거리는 마음을 진정하려고 맥주도 한 병 시켜 달라고 했다. 가이드가 가져다준 맥주는 블루문Blue Moon(벨기에 스타일의 화이트 에일 맥주)이라는 파란 라벨의 인상적인 맥주였다. 푸른 달이라! 맥주는 나의 가슴을 진정시켜주었다. 햄버거 가게에서도 계속 떨고 있는 김여사도 달래주었다. 블루문은 허니문에서 마신 첫 맥주이자 진정제였다.

무사히 LA 여행을 잘 마치고, 일주일 후 한국으로 귀국하던 날이 되었다. 나는 여권 검사를 할 때 지난번에 있었던 엄청난 일들을 모두 다시 설명해야 할까 봐 잔뜩 겁을 먹고 있었다. 그런데 다행히도 출국장에서는 여권 검사를 하지 않았다. 놀라운 나라다.

미국은 나를 허용하지 않았다. 그래서 나도 미국을 허용하지 않을 생각이다. 치사해서 안 간다. 흥! 세상은 넓고 갈 곳은 많다!

BLUE MOON
MOON

18

가나 스타 맥주 마시고 귀신과의 한 판 승부

아프리카는 여전히 우리에게 낯설다. 아프리카 서부에 위치한 나라, 가나Ghana하면 뭐가 떠오르는가? 아마 많은 사람이 '초콜릿!'이라고 대답할 것이다. 가나 출장을 가기 전, 선배들이 농담처럼 이야기한다. "쓸딴, 가나 가나? 가나 안 가나?" 지금 이 글을 읽고 웃었다면, 당신도 100% 마음은 아재이다.

가나로 출장을 갔을 때의 일이다. 역시나 술꾼답게 나는 도착한 날부터 맥주를 찾았다. 가나에도 대표적인 로컬 맥주가 두 종류 있는데, 클럽Club과 스타Star라는 맥주다. 라거 계열의 맥주라서 시원하게 한잔 마시면 아프리카의 뜨거운

더위가 용서될 정도로 맛이 좋다.

출장길에 가나의 수도 '아크라'에서 좀 떨어진 해변에 간 적이 있다. 역사적으로도 아주 유명한 '노예의 성'이 있는 곳이었다. 아프리카 흑인 노예들이 유럽으로 팔려 가기 전에 이 성에 감금되어 있다가 배에 실려서 유럽으로 가게 되는 곳이다. 가족, 친구들과 헤어져서 영영 돌아올 수 없는 마지막 이별의 장소기도 하다.

노예의 성 지하에는 다양한 형태의 감옥이 있다. 노예들을 감옥에서 배로 곧바로 태우기 위해 연결된 통로도 있다. 지상으로는 통하지 않고 지하로만 연결된 통로인데, 그 통로 마지막 문 위에는 이렇게 적혀 있다.

'돌아올 수 없는 문(Door of No Return)'

당시 노예들은 유럽으로 팔려나간 후, 배에서 죽거나 유럽에 도착하더라도 죽도록 일만 하다가 맞아서 죽는 경우가 많았다고 한다. 유럽으로 팔려가기 전, 감옥 안에서의 생활은 더욱 참담했다고 한다.

감옥 내부에는 바닥 중간에 길게 파인 홈이 있다. 소변이 흘러나가도록 파둔 것이다. 화장실이 따로 없어 노예들은 일렬로 주저앉아, 손과 발목에 쇠고랑을 찬 상태로 소변과 대변을 그 자리에서 해결한다. 그나마 소변은 바닥의 홈을 따라 흘러가는데, 대변은 그 자리에 그대로 방치되었다고 한다.

감옥 벽의 약 1미터 높이를 기준으로 위와 아래의 색깔이 확연히 다른 것을 볼 수 있었다. 그 이유는 대변이 계속 차올라서 벽의 색이 변했기 때문이다. 더 끔찍한 것은 어쩔 수 없이 노예들이 줄줄이 묶인 채로 그 위에 앉아서 생활했다는 것이다. 배를 타기도 전에 위생상의 문제 등으로 이미 병을 앓거나 죽어가는 노예들이 많았다. 이곳에서 얼마나 많은 흑인이 죽어갔을지 생각하니 가슴이 먹먹해졌다.

성안에는 다양한 독방도 있었는데 볕 한 줌 들어 오지 않는 좁은 곳이었다. 과연 이런 곳에서 사람이 머물 수 있을지 상상조차 되지 않았다. 당시 유럽 통제관들이 현지 여성들과 잠자리를 하려고 할 때, 이에 응하지 않던 여성들을 주로 독방으로 보냈다고 한다. 그리고 대부분 그 안에서 죽음을 맞았다고 한다.

'노예의 성'을 둘러보고 나오니 기분이 엄청 울적해졌다. 이럴 때는 술이라도 마셔야 한다. 우리 일행은 식당으로 자리를 옮겨 가나의 로컬 맥주를 주문했다. 스타Star 맥주를 주로 마셨는데, 해변이라 그런지 시원한 바람과 파도 소리, 그리고 해산물 요리까지 맥주와 궁합이 무척 잘 맞았다. 그나마 우울했던 기분이 스타 맥주 덕분에 한결 가벼워졌다. 외국에서 마시는 현지의 술과 음식은 언제나 금방 취하게 만든다. 거한 술기운 때문에 나는 아크라의 숙소로 돌아오는 차에서 금세 잠이 들었다.

저녁이 되고 어둠이 깔리기 시작할 무렵, 나는 차 안에서 기괴한 꿈을 꾸었다. 흑인 노예 여러 명이 나에게 달려들어 노예의 성 감옥으로 끌고 가려는 꿈이었다. 노예들에게서 벗어나려고 아무리 발버둥 쳐도 소용이 없었다. 꿈결에도 이대로 끌려가면 영원히 못 나올 거라는 생각이 들었다. 가위에 눌렸을 때처럼 몸이 전혀 말을 듣지 않았다. 이 무서운 상황을 벗어나기 위해서는 차에서 뛰어 내리는 수밖에 없다는 생각이 들었다. 일단 차 밖으로만 나가면 귀신들도 떨어질 것 같았다. 나는 차에서 뛰어 내린 후에 누군가에게 도움을 요청해야겠다고 결심했다.

결국, 달리는 차 문을 열고 몸을 밖으로 던지다시피 뛰어 내렸다. 그때는 귀신보다 차에서 뛰어 내리는 게 덜 무서웠던 모양이다. 현지 운전기사가 나를 보고 놀라서 급히 차를 세웠다. 차 앞에서 졸던 가이드는 너무 놀라 고함을 지르며 차에서 뛰어 내려 나에게 달려왔다.

참 신기하게도, 술에 취하면 잘 다치지 않는다. 다행히 다

친 곳은 한 군데도 없었다. 도로에 누워있던 나를 가이드가 흔들어 깨워 겨우 정신을 차리게 해주었다. 조금씩 정신이 들자, 내가 무슨 짓을 한 건지 곧 깨닫게 되었다. 그제야 너무 무서워서 온몸에 한기가 느껴졌다. 순식간에 술도 깼다.

만약 우리 차 뒤에 곧바로 다른 차가 따라오고 있었거나, 도로 옆이 낭떠러지였거나, 깊은 고랑이었다면 아마 나는 크게 다쳤을 것이다. 어쩌면 가나에서 생을 마감했을지도 모른다. '가나에서 정말 가나?'라고 말했던 농담이 진담이 될 뻔했다.

너무나 감사하게도 나는 별 탈 없이 다시 차를 타고 숙소로 무사히 돌아올 수 있었다. 당시 가이드를 했던 분은 요즘도 가끔 만나면 그때의 이야기를 한다.

"그때 당신 정말 미쳤지. 아이고~ 술을 얼마나 마셨으면!"

그러나 결단코 나는 만취해서 그런 것이 아니다. 정말로 흑인 노예들을 봤고, 귀신들에게 끌려가지 않기 위해 나름대로 필사의 노력을 한 것이다. 나는 아직도 확신한다. 그렇게라도 했기 때문에 내 영혼이 가나에, 그 노예의 성에 머물지 않을 수 있었다고. 물론 아무도 믿지는 않는다. 어처구니

없다는 눈으로 나를 조용히 바라볼 뿐.

그날의 기억을 떠올리면 가끔 이런 생각이 든다. 과연 노예는 완전히 사라진 걸까? 어쩌면 우리는 이 세상에서 스스로 노예로 살고 있는 건 아닐까?

외국에 가면 부디 만취하지 마라. 인생 한 방에 가는 수가 있다. 아우, 섬뜩해!!!

19

Munich October Festival!

세계 3대 맥주 축제를 아시는가? 바로 독일 뮌헨의 옥토버페스트, 중국 칭다오 맥주 축제, 일본 삿포로 맥주 축제이다. 맥주 축제를 연다는 것은 그만큼 맥주에 대한 자신감이 넘친다는 뜻이다. 맛없으면 축제하기 어렵다. 우리나라에서도 세계적인 맥주 축제가 열렸으면 좋겠다. 그러기 위해서는 한국 맥주도 브랜드별로 맛이나 느낌, 캐릭터 등을 더욱 다양하게 개발하면 좋겠다.

최근에는 한국에도 다양한 수제 맥주나 지역 맥주가 등장하고 있어서 다행이다. 애주가 입장에서는 맥주 한 잔 정도는 기호에 따라서 골라 먹을 수 있는 나라에서 살고 싶은 생각이 간절하다. 독일처럼 지방마다 고유의 맥주가 있다면 더

할 나위 없이 행복할 것 같다. 예를 들어 울산 태화강 맥주, 목포의 눈물 맥주, 인천 사이다 맥주 등등. 아~ 상상만 해도 즐겁지 않은가!

독일 뮌헨에서 그 유명한 옥토버페스트 맥주 축제에 간 적이 있다. 애주가인 내가 세계적인 맥주 축제를 안 가볼 수 없지 않은가. 나는 휴가 기간을 일부러 맥주 축제 기간에 맞춰 한걸음에 달려갔다.

독일의 옥토버페스트는 3대 맥주 축제답게 생각한 것 이상으로 어마어마한 규모였다. 정말 술을 사랑하는 사람이라면 죽기 전에 꼭 한 번 가봐야 할 축제다. 옥토버페스트 기간에는 뮌헨 도시 전체가 축제를 즐긴다. 어디를 가나 맥주 축제를 알리는 플래카드가 걸려있고, 행사장으로 가는 길도 표시가 잘 되어 있다.

사람들 모두가 그 축제를 위해서 머물고 있다는 느낌이다. 그런데 놀랍게도 술 축제 기간에 취해서 추태를 부리거나 음주 사고는 거의 보지 못했다. 그저 도시 전체가 서로 웃고 떠들면서 함께 즐기는 분위기였다.

축제 공간은 맥주 회사 브랜드별로 구역이 정해져 있다. 마치 아주 큰 대형 놀이공원으로 들어가는 느낌이다. 안으로 들어가면 각 맥주 브랜드별로 엄청나게 큰 부스들이 자리하고 있다. 어릴 때 동네에서 보던 서커스 공연장처럼 대형 천막들이 곳곳에 설치된 모습을 상상하면 된다. 사람들은 자신이 원하는 브랜드나 맥주를 찾아서 대형 천막을 순회한다.

만약 천막 안에 너무 많은 사람이 몰리면 안 들여보내 주기도 한다. 이럴 때를 대비한 꿀팁을 하나 드리겠다. 보통 천막 앞에 가벼운 먹거리나 안주 등을 파는 포장마차 비슷한 것들이 있다. 거기에서 가벼운 스낵을 구매한 후에 그것을 입구를 지키는 직원에게 티켓처럼 보여주면 입장시켜준다. 나도 그렇게 입장했다.

천막 입구에 들어서면 뮌헨 사람들이 다 모여있나 싶을 정도로 사람이 많다. 앞뒤로 움직이기도 어려울 정도다. 모두 다 한 손에는 500cc나 1000cc 맥주잔을 들고 있다. 맥주는 지나다니는 직원(독일 전통 복장을 한 젊은 친구들)이 들고 다니는 맥주잔을 바로 사서 마시면 된다. 1000cc는 내가 대학교에 다닐 때는 호프집에서 많이 팔았는데, 요즘은 보기 힘들다. 하지만 여기 옥토버페스트에서는 대부분 1000cc 잔으로 즐긴다. 무엇보다 축제 기간의 맥주 맛은 정말 최고다! 모두 생맥주를 팔기 때문에 그 자체로도 상쾌함과 청량감이 백두산 샘물 터지는 느낌이다.

축제에서는 독일어를 알지 못해도 국적 불문하고 음악에 맞춰 떼창은 기본이다. 이것이 바로 놀라운 술의 힘일 것이다. 처음 본 사람들과도 어깨동무를 하고 건배를 외친다. 그리고 어느새 다 같이 일종의 강강술래를 하면서 돌아다닌다.

술이란 게 가만히 앉아서 마시면 금방 취하지만, 어깨동무하고 춤추다 보면 술이 빨리 깬다. 그럼 또 마신다. 그렇게 즐겁게 마시면서 춤추고, 노래하고, 웃다가 한 바퀴 돌면 어느새 내가 독일인인지, 한국인인지 헷갈린다.

옥토버페스트에서 나는 재미난 광경을 목격했다. 보통 10대의 어린 학생들은 축제 기간이 일종의 D-day라고 한다. 남녀 학생들이 그날 인연의 짝을 찾아서 멋진 밤을 보낸다는 것이다. 부스 안에는 어린 친구들이 맥주잔을 하나씩 들고 자신의 인연을 찾기 위해 부지런히 돌아다니는 것을 볼 수 있다. 이럴 때는 젊음이 정말 부럽다.

이처럼 옥토버페스트는 단순히 술만 즐기는 곳이 아니라, 멋진 인연도 만나고 인생의 새로운 행복도 찾아가는 최고의 축제였다. 맥주 축제로 온 동네가 떠들썩하다. 사람들은 모두 행복해 보인다. 이들에게는 인생이 곧 축제 같다.

이곳에서는 잘 취하지도 않는다. 취할 수가 없다. 부러웠다. 맥주 맛도, 그 분위기도, 사람들의 발랄함도! 누구나 함께 즐길 수 있는 축제다운 축제였다. 맥주를 좋아한다면 꼭 가보시길 추천한다. 절대 후회하지 않을 것이다.

다만, 축제 기간에는 숙소와 항공료가 상당히 비싸다. 만약 독일에 지인이 있다면 평생 한 번 쓸 수 있는 지인 찬스를 맥주 축제 때 꼭 써보길 바란다. 그게 안 된다면 살인적인 숙소 비용을 조금 아낄 방법을 하나 알려주겠다.

축제 기간 중 행사장 근처 숙소는 부르는 게 값이다. 하지만 뮌헨에서 떨어진 외곽의 숙소는 조금 저렴하다. 이동은 지하철로, 급하면 택시로 하면 된다. 독일의 택시는 대부분 벤츠다. 벤츠 타고 여행한다고 생각하면 짜릿하지 않은가!

우리 일행도 역시나 거의 만취한 상태로 벤츠를 타고 뮌헨 외곽 숙소로 향했다. 유럽의 밤은 한국과 달리 일찍 상점이 문을 닫고 불이 꺼진다. 으슥한 골목을 돌아 숙소로 향하던 길에 어느 한 상가 건물 지하로 들어가는 입구에 불이 켜진 곳을 발견했다.

마치 어두컴컴한 산속에서 딱 한 군데만 불이 켜져 있듯이, 그곳에만 불이 켜져 있어 훨씬 도드라져 보였다. 그리고 그 등 옆에는 누가 봐도 맥주라고 생각할 멋진 맥주잔이 그려져 있었다. 이미 맥주 축제를 마음껏 즐기고 온 대한민국

국민의 도리상 바로 숙소로 갈 수는 없다는 게 우리의 일치된 의견이었다.

지하로 연결된 계단을 내려가니, 20평도 채 안 되는 곳에 홀 중앙은 텅 비워져있고, 벽으로만 간이 테이블과 의자가 놓여있는 아주 보기 드문 형태의 술집이었다. 더 놀라운 건 손님의 95%가 고령의 할아버지와 할머니들이었다.

나중에 들은 이야기지만, 독일 동네 술집은 밤잠이 없는 고령자들의 놀이터라고 한다. 한국으로 치자면 우리의 할아버지 할머니들이 밤에 적적하니 가까운 친구집이나 동네슈퍼로 밤마실을 나가는 것이다. 그곳에서 친구들과 맥주 한잔 하면서 수다를 즐기는 장소인 것이다.

그런데 이 술집은 특이하게도 술만 마시는 것이 아니라, 홀 중앙에서 춤까지 출 수 있는 곳이었다. 그래서 일부러 중앙엔 테이블을 두지 않고 원하는 사람 누구나 나와서 마음껏 춤을 출 수 있도록 만들었다.

우리 일행(우리 부부, 동생네 부부 4명)이 들어서자마자, 뮌헨 외곽 변두리 지방의 지하 술집 안의 대부분 어르신들이 눈이 동그라져서 우리를 쳐다보았다. 맥주축제가 있다 하더라도 이런 외곽까지는 관광객이 오지도 않을뿐더러, 동네 선술집에 들어오는 동양인 4명은 충분히 관심의 대상이 되었을 것이다.

그것이 너무 반가웠던지 무작정 다가와서 악수까지 청하는 할머니도 계셨고 생맥주 4잔을 시켜서 우리 테이블로 가져다 준 할아버지도 계셨다. 한껏 고무되어 있던 우리는 슬슬 음악에 맞춰 몸을 흔들기 시작했다. 그리고 결정적으로 맥주 축제에서 술이 가득 되어온 제수씨가 흥에 겨워 그 홀 중앙에서 K-댄스를 선보였다. 그 춤사위는 아마 그동안 쌓여왔던 남편에 대한 분노의 표출이거나 그동안 숨겨왔던 내적 본능을 춤으로 승화시키고야 말겠다는 강력한 의지의 표현처럼 보였다.

젊은 동양인 여성의 격렬한 춤사위는 그 술집에 있던 모든 독일 할아버지 할머니들의 혼을 빼앗아버렸다. 제수씨의 춤사위가 한 번 마무리 되자 일제히 휘파람과 박수를 치면서 환호해 주었다.

동생은 제수씨의 이런 모습을 처음 본 것처럼 '니 미친거 아니야?'라고 제수씨 귀애 대고 소리를 친 거 같았는데, 이미 제수씨는 접신[接神]된 무당처럼 음악만 나오면 다시 홀로 뛰어나가 독일 할아버지들의 인기를 한 몸에 받았다.

그렇게 1차로 맥주축제에서 진한 독일의 맛을 느낀 우리는 2차로 광란의 밤을 보낸 후에야 네발로 기다시피 숙소로 들어갔다.

혹시 독일어를 모른다고 걱정하는 분도 있을 수 있겠다.

절대 걱정할 필요가 없다. 술은 언어가 달라도 소통이 가능한 좋은 도구다. 축제에서는 눈을 마주치고 건배하는 순간, 모두 친구가 될 수 있다.

그리고 하나 더! 독일식 핫도그를 꼭 먹어보길 추천한다. 독일에서 핫도그를 못 먹었다면 귀국하지 마시라. 무조건이다! 그냥 보기에는 특별해 보이지 않을 수 있다. 빵을 반으로 나눈 다음, 그 사이에 독일 소시지 하나와 야채 조금, 소스 쓱쓱. 가격도 아주 저렴하다. 그런데 길거리에서 파는 핫도그에다 맥주 한 잔이면 시쳇말로 죽음이다! 그 순간 너무 행복해서 독일을 떠나고 싶지 않을 것이다.

인생 뭐 있는가? 가끔 이런 재미, 이런 행복이면 더 바랄 것이 없다. 옥토버페스트에서의 행복한 기억을 떠올릴 때면 이런 생각이 든다.

"Whatever, Life is going on!"

어쨌든 인생은 계속되고 있어!

20

마데이라 포트와인과 함께 크루즈 즐기는 법

2019년에 크루즈 여행을 다녀왔다. 회사 퇴사 기념으로. 죽기 전에 한 번은 크루즈 여행을 가보고 싶었다. 가격이 굉장히 비쌌지만 한 번도 가보지 않은 스페인과 포르투갈을 일주하는 노선이라 과감하게 예약했다. 얼마냐고? 9박 11일 일정에 1인당 비용이 800만 원 정도였다. 당시에 나에게도 어마어마한 비용이었다.

비용을 미리 말하면 안 간다고 할 게 뻔해서 김여사에게는 나중에 통보했다. 그리고 지금까지 싸우고 있다. 왜냐하면 2019년 11월에 다녀온 크루즈 여행 경비를 아직도(이 글을 쓰는 2021년 12월까지도) 매월 갚아가고 있기 때문이다.

내가 크루즈 여행을 선택한 또 하나의 결정적인 이유가 있다. 바로 배 안에서 모든 주류를 공짜로 마음껏 즐길 수 있다는 것이다. 맥주와 와인, 증류주가 종류별로 다 있다. 이 정도면 나 같은 애주가에게는 무조건 go!

크루즈 여행 일정 중에는 또 하나의 멋진 옵션이 있었다. 매주 화요일과 금요일마다 저녁 정찬이 제공된다. 한국 사람들에게는 익숙하지 않은 식사일 수 있다. 외국 영화에서 보던 고급 파티의 한 장면을 떠올리면 된다. 최대한 멋진 정장과 드레스를 잘 차려입고 테이블에 앉아 있으면 나비넥타이를 맨 종업원이 서빙을 해준다. 심지어 물까지 근사하게 따라준다. 저녁 정찬 메뉴는 주로 스테이크와 타이거 새우구이, 버터 관자구이, 대구 요리 등 호텔에서나 맛볼 수 있는 고급 메뉴들로 구성되어 있다. 보는 것만으로도 황홀하다.

자, 그럼 여기서 크루즈 정찬을 멋지게 즐길 수 있는 팁을 하나 드리겠다. 보통 식사 메뉴가 여러 종류가 나오는데, 한국 사람들은 한 명이 한 가지 메뉴만 선택해야 한다고 생각한다. 우리 일행 모두 그렇게 생각했다. 메뉴는 너무나 고급스러운데 시킬 수 있는 음식은 하나뿐이니 동행자들끼리 각자 다른 메뉴를 시켜서 서로 맛을 보았다. 당연히 언제나 양은 부족했고, 내가 시킨 것보다 옆 사람의 음식이 더 맛있어

보여 아쉬웠다.

그런데 크루즈 여행 마지막 날, 누군가가 한국 일행에게 충격적인 이야기를 해주었다. 정찬 메뉴는 한 사람이 여러 음식을 주문해도 된다는 것이었다. 뭐라고요? 여러 음식을 혼자서 다 먹을 수 있다고요? 그 비싼걸? 우리는 그것을 마지막 날에 알았다.

왜 아무도 말을 안 해준 거죠? 아무도 안 물어봤다고요? 이런 젠장. 너무 억울했다. 버터 관자구이는 먹어보지도 못했는데. 웃어야 할지, 울어야 할지.

저녁 정찬에 와인이 빠질 수가 없다. 스페인이나 포르투갈도 와인을 대표하는 나라들이다. 맛도 좋지만, 가격도 프랑스나 이탈리아 와인에 비해서 저렴한 편이라 부담이 없다. 만약 와인의 떫은맛과 묵직함이 조금 부담스럽다면 포트와인[Port Wine]을 추천한다.

포트와인은 주정 강화 와인인데, 와인에 양주를 섞었다고 보면 된다. 그래서 당연히 도수가 높다. 19도 정도 된다. 와인의 달콤함에 양주의 강렬함이 첨가되어서 달달 하지만 취기가 금세 올라온다. 주로 식전주로 많이 마시지만, 개인 취향이니 식사 중에도 충분히 즐길 수 있다.

특히 포르투갈의 마데이라[Madeira] 와인은 포트와인의 대명사처럼 불리는 와인이다. 카나리아 제도나 포르투갈 여행을 하게 된다면 반드시 마셔보길 바란다. 조심할 것은 와인의 생산연도를 잘 보고 골라야 한다. 빈티지Vintage에 따라 자동차 한 대 값 정도의 와인도 있으니 말이다.

멋진 음식, 훌륭한 와인과 함께 정찬을 즐기다 보면, 외국인들은 어느새 자연스럽게 일어나 테이블 주변에서 가볍게 춤을 춘다. 영화 '여인의 향기'의 알파치노가 이렇게나 많다니! 그런데 조금 아쉽긴 하다. 아름다운 '가브리엘 앤워'는 찾아보기는 힘들었다.

보통 이런 분위기에서는 술 마시는 속도가 더욱 빨라지게 마련이다. 나는 마데이라 2019년산 포트와인을 3병이나 마시고 조금씩 취하기 시작했다. 술도 깰 겸 담배를 한 대 피우러 나갔다.

크루즈는 보통 밤에 이동하고 낮 동안은 주로 여행지에 정박하는 스케줄이 많다. 그래서 밤에 담배를 피우려면 선상의 특정 흡연 구역으로 찾아가야 한다. 밤 10시쯤 되면 바다는 한 치 앞도 안 보이고, 거친 파도 소리만 크게 들린다. 포트 와인에 취하고, 파도 소리와 밤하늘의 별에 취한다.

담배를 피우고 있으면 외국인들도 한두 명씩 올라온다. 나비 넥타이를 풀어 헤치고 배가 적당히 나온 한 남성이 시가를 빼 물었다. 나처럼 와인을 많이 마셨는지 얼굴이 발그

레했다. 크루즈에서는 서로 눈이 마주치면 가볍게 미소를 지으며 "올라Ola"라고 인사한다. 그래. 올라도 좋고, 헬로도 좋고, 지금 이 순간은 뭐든 다 좋다. 이런 시간만 내 인생에 있다면 뭐가 부럽겠는가!

새벽에 숙취와 함께 극심한 배고픔으로 잠에서 깼다. 왜 외국 음식은 그렇게 많이 먹어도 배가 부르지 않는 걸까? 무엇보다 가장 큰 고통은 나의 몸이 '얼큰한 게 당긴다.'고 아우성치는 것이다. 새벽 5시인데 이를 어쩌나. 다른 방법이 없다.

나는 김여사를 깨워서 준비해간 컵라면과 나무젓가락을 챙겨 온수기가 있는 8층으로 올라갔다. 우리가 이용했던 크루즈는 선실이 주로 3~5층이었고, 식당과 주방은 6~8층에 있었다. 선실 내에서는 물을 끓일 곳이 없었다. 설마 새벽 5시에 누가 있을까 싶어서 우리는 매우 초라한 행색으로 느긋하게 8층 주방으로 갔다. 그런데 그곳에서 매우 놀라운 광경을 보게 되었다.

이번 크루즈 여행에는 한국인 일행이 총 19명 있었다. 그 중 한 명은 유아이고, 한 명은 연세가 아주 많은 분이었다. 그런데 그 새벽에 19명 중 17명의 한국인이 8층에 모여있었다. 그곳에서 모두 컵라면을 먹으려고 나무젓가락을 입에 물고 길게 줄을 서 있는 게 아닌가. 아~ 대한민국!!!

새벽에 컵라면을 먹으려고 온수 앞에 줄을 서는 민족. 김치를 싸 왔다며 그 귀한 음식을 옆에 있는 사람들과 나눠 먹는 민족. 나는 눈물이 날뻔했다. 여행 준비를 하면서 나는 김치를 싸가야 하나 말아야 하나를 두고 김여사와 미친 듯이 싸웠었다. 결국 짐이 많다는 이유로 김치를 포기하고 왔는데 그 순간 너무 아쉬웠다. 귀한 김치를 선뜻 내주는 마음이 감사하지만 미안해서 마음껏 먹지도 못했다.

한국인이라면 아마 공감할 것이다. 더구나 긴 해외여행을 경험한 사람이라면 더 격렬하게 공감할 것이다. 쫄깃한 라면 면발을 후루룩 먹고, 따뜻한 국물을 쭈욱~ 들이킨 후에 김치 한 점을 먹으면 그 순간 세상 부러울 것이 없다. 어젯밤의 고급 스테이크도 다 필요 없다. 라면에 김치 하나면 끝이다!

그럴 때면 나는 왜 살아야 하는지 새삼 깨닫게 된다. 왜 집에서는 한 번도 이 맛을 느껴보지 못했을까? 마데이라 포트 와인이 아무리 좋아도 결코 컵라면과 김치를 이길 수 없다. 그때 아저씨 한 분이 점퍼 주머니에서 무엇인가를 꺼냈다. 한민족을 하나로 뭉치게 한다는 그것, 바로 소주였다. 그것도 팩 소주. 우리는 모두 감격에 겨워 환호성을 질렀다. 하늘에서 온 천사가 있다면 바로 이분들일 것이다. 눈물 나게 멋진 밤이었다. 이번 여행은 정말 잘 왔다. 짱이다!

특별한 여행을 즐기고 싶다면 크루즈 여행을 강력하게 추천한다. 그리고 떠나기 전에 무조건 컵라면 큰 것(작은 컵 가지고 가면 무조건 후회한다)과 김치를 준비하길 바란다. 그러면 여행이 더 행복해진다. 혹시 관계가 조금 소원한 부부라면 컵라면과 김치를 들고 새벽에 주방으로 함께 가보시길. 어쩌면 신혼 시절로 돌아갈 수 있을지도 모른다. 혹시 아는가? 그 여행에서 '크루즈 베이비'를 가질 수 있을지도. 헷!

21

목련 꽃잎이 모과주 잔에 떨어집니다

북한산 중턱에서 가끔 술 마시는 모임이 있다. 정말로 술만 마신다. 모이자고 하면, 오는 사람들이 자기가 마실 술과 안주를 싸 와서 같이 나눠 먹는다. 이 술모임의 멤버가 참 다양하다.

우선 북한산 중턱에 사는 집주인인 형님은 그림 작업도 하고, 나무 작업이나 못 작업도 하신다. 한때 작은 기업체를 운영했다가 몸이 크게 아픈 후에 모든 걸 접었다. 지금은 정확하게 무엇을 하는지 아무도 모르는 특이한 분이다. 형님은 아직 미혼인데 여자친구가 있다. 여자친구 분은 대학교 빵집에서 빵을 만든다. 성격이 대쪽 같아서 술모임 때마다 안방마님의 역할을 톡톡히 한다.

이 누님과의 에피소드가 있다. 어느 날 아침, 회사에 가기가 너무 싫었다. 저 멀리 회사 건물이 보이는데 정말 죽기보다 출근하기가 싫었다. 때마침 내 앞으로 공항버스가 들어왔다. 안 그래도 출근할까 말까 고민 중이었는데 공항버스가 눈앞에 보이니 이건 신의 계시라고 생각했다. '그래 제주도나 가자.' 나는 무작정 공항버스를 탔다. 살면서 무단결근도 하고 제주도도 훌쩍 떠나보고 그래야지. 그런 마음이었다. 그런데 아뿔싸! 눈을 떠보니 인천공항이었다. 제주도에 가려면 김포공항에서 내려야 하는데 그만 지나쳐버린 것이다. 어처구니가 없었다.

아마 여권이 있었으면 가장 빠른 비행기로 어디든 갔을지도 모른다. 다행인지 불행인지 여권은 없었고, 기분은 이미 잡쳤고, 전날 마신 술은 조금 깬 상태가 되었다. 이미 무단결근은 했고 뒤늦게 회사 가기도 민망해졌다. 그런데 문제는 딱히 갈만한 곳이 없었다. 그래서 무작정 그 형님 집으로 갔다. 핸드폰에는 부재중 전화가 몇 통 와있었다. 김여사와 회사 동료 몇 명에게 걸려온 전화였으나 무시했다.

대낮부터 형님 집에 가서 탕수육에 고량주를 마시기 시작했다. 주인 형님과 여자친구인 누님, 나 이렇게 셋뿐이었다.

누님에게 너무 회사 다니기 싫다고 했더니, 누님은 아무 말 없이 그냥 내 등을 톡톡톡 두들겨 주었다. 그게 그렇게 위로가 될 줄이야. 전날 마신 술이 깨기도 전에 다시 취하긴 했지만, 그날의 위로 덕분에 나는 다음날 다시 출근했다. (하루 종일 임원실에 붙들려 앉아있기는 했지만)

이 술모임의 또 다른 멤버 중에는 아마추어 영화감독과 글 쓰는 작가도 있다. 두 사람은 동갑내기 부부이다. 아내인 작가님은 김여사와 중학교 동창이기도 하다. 우리 부부와는 정말 대단한 인연을 가진 부부이다. (지금 이 책의 삽화를 작업해준 분이 바로 이 영화감독이다)

또 다른 멤버 중에 한 커플은 대학교 강사와 애니메이션 작가로 활동중이다. 형님은 대학 강사를 하면서 취미로 주역이나 사주풀이를 한다. 게다가 캘리그래피Calligraphy도 수준급이어서 가끔 부채 등에 정자와 난자를 그려서 팔기도 한다. 생각보다 잘 팔린다. (내 책방에서 팔고 있다) 많은 사람이 절대 결혼 못 할 거라고 했는데, 50살이 넘어서 지금의 애니메이션 작가인 형수님과 결혼에 성공했다. 짚신도 제짝이 있다는 말을 몸소 증명해낸 커플이다. 인생은 정말 아무도 모르는 거다.

또 한 멤버는 물류회사 이사님이신데, 술모임 때마다 항상 직접 담근 담금주를 가지고 오신다. 모과주, 매실주를 비롯해 한 번도 들어본 적 없는 담금주들을 들고 오신다. 담금주 향이 상당히 뛰어나서 그 향에 취해 홀짝홀짝 마시다 보면 뇌가 통째로 사라지는 듯한 묘한 경험을 하게 된다.

또 한 명의 멤버는 술모임의 막내이자, 우리 중에서 유일하게 정규직으로 일하고 있는 사람이다. 많은 사람이 선망하는 공무원이다. 이 친구는 앉은 자리에서 맥주를 거의 10리터는 족히 마시는 술꾼이다.

그리고 인디밴드 하는 동생도 있다. 음악이 좋아서 직접 노래도 만든다. 홍대 근처에서 공연도 꽤 했다. 우리 모임에서 가끔 현장 콘서트를 열기도 하는데 수준급이다.

이런저런 이유를 만들어서 우리는 북한산 중턱에 모여 술을 마신다. 사계절 내내 마시는데, 그중에서도 초봄이 술 마시기에는 가장 좋다. 북한산에는 다른 곳보다 봄이 조금 일찍 찾아온다. 산등성이에 동백과 목련, 진달래, 개나리 등이 피었다 질 때마다 우리는 꽃을 핑계로 술을 마신다.

특히 봄날에 산 중턱에서 마을을 내려다보며 마시는 술은 그야말로 영화 같다. 마당에 앉아 큰 밥그릇에 모과주를 따라 마시기도 하는데, 가끔 목련 꽃잎이 술그릇 위로 툭! 툭! 떨어진다. 그러면 모두가 돌아가면서 시[詩]를 읊기도 한다. 어떤 날은 누군가 하이쿠(일본 고유의 짧은 시)를 즉석에서 지어서 다들 감탄을 자아내기도 한다.

'봄이 가는 걸 아쉬워한 목련꽃이 나에게 왔네.'

봄밤 달빛이 우리를 내려다볼 즈음이면 이미 다들 취해있다. 안 취하는 게 더 이상할 정도다. 취기가 어느 정도 오르면 우리가 하는 것이 있다. 주인 형님이 직접 만든 가정식 노래방으로 이동한다. 마시다 만 모과주와 캔맥주를 들고 노래방으로 가서 다시 거국적으로 2차를 시작한다. 그곳에서 돌아가며 노래를 한 곡씩 부르다 보면 모과주와 맥주 캔은 금방 동이 난다. 몇몇은 달빛 가득한 마당에서 담배를 피우며 세상 사는 이야기를 나눈다. 나는 주로 미친 듯이 이문세 노래를 부르고 춤을 추다가 소파에서 잠이 든다.

한번은 크리스마스이브였다. 아는 여동생에게 이 술모임을 소개해주고 싶어 파티가 있으니 오라고 했다. 나는 지하철역까지 마중 나가 동생을 형님 집으로 안내했다. 마을버스를 타려고 가는데 이 여동생이 흠칫 놀라며 물었다.

"지금 어디 가요? 파티한다면서요?"

"맞아. 파티하러 가는 거야. 아는 형님 집에서 파티가 열려."

동생은 조금 당혹스러워하는 것 같았다. 하지만 그때까지는 그녀가 왜 놀라는지 몰랐다. 우리는 마을버스 종점에서 내려 어두컴컴한 형님 집으로 향했다. 분명 크리스마스 파티를 한다고 했는데 마을버스까지 타고 산 중턱으로 가니 조금 이상하게 생각했을 것이다. 게다가 귀신 나올 것 같은 허름한 집으로 들어가니 당황하기도 했을 것이다. 그 동생의 마음을 조금은 이해할 것 같았다. 그런데! 놀란 것은 그녀만이 아니었다.

우리를 기다리고 있던 멤버들 모두 그 동생을 보고 깜짝 놀랐다. 바로 그녀의 의상 때문이었다. 그녀가 외투를 벗자, 등이 확 파인 파티복이 등장했다. 그렇다! 그녀는 정말 파티복을 입고 온 것이다. 반짝반짝 작은 별과 레이스 달린 그런 옷 말이다. 그렇게 신경 써서 차려입고 왔는데 마을버스에, 산 중턱의 집이라니! 그 이후로 그 동생은 내 연락 잘 받지 않는다. 설마 그날 파티 때문인 걸까? 아니다. 그냥 요즘 좀 바빠져서 그런 거라고 믿고 싶다.

술모임이 거의 끝날 때 즈음에는 이미 새벽달이 기울고 있다. 이곳은 서울인데도 밤이 되면 정말 별이 총총 빛나는 놀라운 곳이다. 마당에서 하늘을 보고 있으면 나도 모르게 절로 이런 소리가 나온다. 아~ 참 좋다! 바로 그때, 또 목련 꽃잎 하나가 툭, 하고 내 얼굴 위로 떨어진다. 캬~ 진짜 좋다!

22

생(生) 비루 구다사이!!!

일본 후쿠오카에 간 일이 있다. 항공료보다 싸다는 이유로 부산에서 배를 타고 가다가 죽는 줄 알았다. 무슨 파도가 그렇게 치던지, 김여사는 두 번 다시 배는 타지 않겠다고 다짐했다. 실제로 아직까지 배를 탄 적이 없다.

우리는 낮 동안 후쿠오카 시내를 둘러보았다. 일본 특유의 아기자기한 카페들과 상점들, 곳곳의 맛집들을 구경했다. 저녁이 되자 드디어 일본 생맥주를 영접해야 할 때가 왔다고 나는 짐승처럼 울부짖었다. 김여사는 술 마시려면 집에서 먹지, 왜 일본까지 와서 마시느냐고 구시렁대고 있었다.

나는 늑대가 먹잇감을 찾듯이 술집을 찾아다녔다. 숙소로 가는 길에 생生이라고 적힌, 너무나 친절하게 맥주잔까지 그려진 술집을 발견하였다. 으하하하! 드디어 일본 생맥주 타임이다.

우리가 들어간 곳은 아주 점잖은 노부부가 운영하는 선술집이었다, 메뉴판을 가져다주셨는데 고맙게도(?) 모든 메뉴가 일본어로만 적혀 있었다. 도무지 무슨 안주인지 알아볼 수가 없었다. 나는 속으로 '안주는 포기하자. 술만 있으면 되지.' 하면서 우렁차게 외쳤다.

"생生 비루 구다사이!!"

나는 여행 전에 일본 생맥주를 꼭 마시고 말겠다는 일념으로 일본어 공부를 했다. 맥주는 '비루', 주세요는 '구다사이'. 연결해서 '비루 구다사이'. 몇 번이나 연습했다. 자연스러울 때까지. 그런데 미처 숫자는 외우지 못했다. 그래서 한 잔만 가져다줄까 봐 손으로 V(브이) 표시를 했다. 두 잔 달라는 뜻이었다.

그런데 주인 할머니가 못 알아들었다는 눈빛을 보냈다. 눈이 그전보다 두 배 정도나 커지고 당황한 눈빛과 손짓을 하셨다. 그 모습을 보고 나는 더 당황하였다. 왜 못 알아듣지? 잘못된 일본어인가? 이쪽은 사투리를 쓰나? 후쿠오카 사투리를 배웠어야 했나? 별생각이 다 들었다. 할머니는 여전히 별다른 반응이 없었다.

나는 결국 다른 방법을 찾았다. 생맥주를 마시고 있는 다른 테이블의 손님들 근처로 가서 생맥주잔을 가리키며 할머니를 쳐다보았다. 그리고 간절한 눈빛으로 말했다. '제가 원하는 것은 이겁니다. 두 잔 주세요.' 그때 할머니의 놀란 표정과 감격스러운 미소를 보고 내 진심이 통했다는 것을 느낄 수 있었다. 드디어 생맥주를 시켰다!

일본어 좀 하는 분들은 이미 답답했을 거다. 한자로 생生은 일본말로 '나마'라고 해야 한다. 그것도 모르고 나는 생生을 그냥 한자어 발음 그대로 외친 것이다. 당연히 할머니가 못 알아들을 수밖에. 할머니는 내가 맥주를 찾는 것 같기는 한데, 도무지 어떤 맥주를 말하는지 알 수가 없어서 당황한 것이다.

그래도 나의 재치 덕분에 우리는 무사히 일본 생맥주를 시원하게 마실 수 있었다. 옆 테이블에서 맛있어 보이는 안주를 직접 가리키며 주문했더니 역시나 안주도 성공이었다. 일본어 못해도 술 마시는 데에는 아무 문제가 없다.

즐겁게 생맥주를 마시고 숙소로 돌아가는 길이었다. 후쿠오카의 날씨가 후덥지근해서 다시 맥주 생각이 간절했다. 나는 자판기에서 맥주를 사고, 편의점에서 안주를 사서 숙소로 가자고 제안했다. 물론 김여사는 술 마실꺼면 집에서 마시지, 일본까지 와서 마시냐면서 미친거 아니냐고 화를 냈다. 우리는 싸우면서 숙소로 향했다. 그런데 가는 길에 놀라운 광경을 목격하게 되었다.

우리가 묵는 호텔은 걸어서 100걸음도 채 안 되는 곳에 있었는데, 가는 길에 야외에 붉은 조명이 은은하게 비추는 곳이 보였다. 가까이 다가가니 손님들이 나무 의자에 앉아 있었고 유리 상자 안에는 다양한 식재료들이 진열되어 있었다. 그렇다. 바로 당신이 예상하는 그곳이다. 포, 장, 마, 차!

일본식 포장마차에서는 젊은 청년 둘이 머리끈을 질끈 동여매고 박수를 치며 큰소리로 외쳐대면서 안주와 술을 서빙하고 있었다. 참새가 방앗간을 지나치지 못하는 법! 개가 똥을 마다할 수 있나!(참고로 이 말은 내 고향에서 많이 사용하는데, 실제 속담인지는 알 수 없지만 입에는 착착 붙는다)

나는 마치 예약하고 온 사람처럼 포장마차 앞을 서성거렸다. 이내 젊은 청년들이 큰 소리로 뭐라고 떠들면서 우리에게 의자에 앉으라고 권했다.

포장마차는 이렇게 생겼다. 젊은 청년 둘이 안쪽에서 안주와 술을 준비하고, 그 주변으로 빙 둘러 손님이 앉을 수 있는 의자가 놓여있다. 좌측에는 중년 여성과 젊은 여성(모녀지간으로 추정)이 앉아 있었고, 우측으로는 양복 입은 남자 두 명(회사 선후배로 추정. 나이가 많아 보이는 쪽이 일방적으로 말을 많이 하고 있었고, 젊은 쪽은 뭐 씹은 표정을 하고 있었다)이 자리를 잡고 있었다.

우리가 자리를 잡자 포장마차 손님과 주인 청년들은 지대한 관심을 보였다. 마치 한국에서 포장마차에 나타난 연예인을 보고 흘깃흘깃 훔쳐보는 그런 분위기였다. 분명 자기네들끼리 이야기를 하고 있었지만, 시선은 계속 우리 쪽을 흘끔거렸다.

포장마차에 왔으니 우선 술을 시켜야 한다. 생맥주는 이미 마셨으니 이제 사케 타임이다. 날도 더우니까 얼음을 동동 띄운 시원한 사케를 마시고 싶었다. 이미 생生비루 주문으로 곤욕을 치른 상태라 쓸데없는 일본말은 하지 않기로 했다. 대신 오른손으로 잔을 들어 마시는 시늉을 하면서 '캬~' 하는 소리를 냈다. 그리고는 몸을 부르르 떨며 시원하다는 느낌을 전달했다.

손님과 주인 모두 나의 몸짓을 유심히 쳐다보았다. 그때 직장인 중 젊은 분이 테이블을 치더니 뭐라고 외쳤다. 그러자 나머지 사람들도 인정한다는 듯이 고개를 끄덕였다. 자신이 먼저 말하지 못해 분하다는 표정을 지어 보이기도 했다.

잠시 후, 나무 받침대에 사케가 가득 담긴 유리잔이 나왔다. 놀랍게도 차가웠다. 나는 고마움의 미소를 지었다. 그러자 포장마차에 있던 모든 일본인들이 박수를 쳤다. 이게 박수받을 일인가! 당황스러웠지만 기분은 좋았다.

술은 성공했으니 이제 안주를 시켜야 한다. 그림 하나 없는 메뉴판에서 과연 안주를 시킬 수 있을까? 또 한 번의 역경이 나를 기다리고 있었다. 포장마차를 둘러보니 유리 안에 신선한 생선이 보였다. 모르는 안주보다는 먹어본 안주가 실패 확률이 낮다.

나는 가방에서 펜을 꺼내 즉석에서 냅킨에 그림을 그리기 시작했다. 내가 펜을 든 순간부터 6명의 일본인은 과연 어떤 그림을 그릴지 엄청난 관심을 보였다. 나는 몇 초 만에 그림을 완성해서 주인에게 건넸다. 우리가 어릴 때 많이 그렸던 굉장히 단순하고 간단한 생선 그림이었다. 그림을 보고 부디 비슷한 안주라도 주기를 진심으로 바랐다.

그런데 갑자기 황당한 상황이 펼쳐졌다. 후쿠오카의 골목길 포장마차에서 한밤중에 토론과 화합의 장이 열린 것이다. 좌측의 모녀 커플과 우측의 양복 커플, 젊은 주인 둘까지 모두 모여들었다. 그리고 심각한 표정을 지으며 서로 열띤 토론을 시작했다. 바로 내가 그린 안주를 맞추기 위해서

였다. 모두 그림에만 집중할 뿐 아무도 나에게 질문을 하지 않았다. 만약 누구 한 명이라도 영어로 물어봤다면 나는 자신 있게 'Fish'라고 말해줬을 텐데.

6명은 정말로 열심히 의견을 나누더니, 잠시 후에 일본 영화에서 많이 보던 특유의 놀란 표정을 지었다. 눈을 크게 뜨고 "에~?" 또는 "아~!" 등의 감탄사를 서로 주고받았다. 그렇게 서로 의견 교환이 끝났는지 이내 각자 자리로 돌아갔다. 주인 둘은 유리창 너머로 무엇인가를 열심히 만들기 시작했다. 뚝딱뚝딱, 치치직! 요리하는 소리만 들릴 뿐 도무지 무엇을 만들고 있는지 예상이 되지 않았다.

드디어 주인은 우리 앞에 안주가 담긴 나무판을 내밀었다. 주인이 만든 안주는 바로 구운 꽁치였다. 일본인 6명은 나의 반응을 진지하게 지켜보았다. 과연 자신들이 추측한 안주가 맞을지 긴장하며 기다리는 것 같았다. 나는 엄지손가락을 치켜들며 '아리가또'라고 말해주었다. 그러자 포장마차에 있던 모든 일본인들이 박수를 치며 서로 감사의 인사를 전하고 있었다.

이제 안주도 나왔으니 제대로 술을 마실 시간이다. 나는 차가운 사케가 식기 전에 쭈~~~~욱, 단숨에 들이켰다. 평소 매일 집에서 마시는 것처럼 마셨을 뿐이다. 그 순간 일본인들의 감탄사가 터져 나왔다. 그것도 내가 마시는 속도와 똑

같은 길이로 함성을 질렀다.

"오~~~~~~~~~!"

한국인 남녀가 일본 포장마차에서 술 한 잔 할 수 있는 일 아닌가? 안주를 그림으로 그려서 보여준 것이 좀 특이하다고 해도, 뭐 이렇게까지나 감동할 일은 아니지 않나?

나중에 알게 된 사실인데, 일본에서 사케를 그렇게 단숨에 '완샷'하는 사람은 거의 없다고 한다. 보통은 얼음에 타서 조금씩 나눠 마신다. 그런데 내가 한 번에 다 마신 후에 빈 잔을 들고 '구다사이'를 외쳤으니, 놀라움을 넘어 경외감을 느끼지 않았을까 싶다. 그때 옆에서 누군가 '스고이'라고 말하는 걸 들었다.

후쿠오카에서 만난 생맥주와 꽁치, 그리고 단숨에 마셔버린 이름 모를 사케 몇 잔. 거기에 동네 반상회 같았던 다정다감한 일본인들. 나에게는 특별하고 행복한 기억이다.

그리고 다음 날, 일본 술에 대한 한恨을 풀고 김여사와 온천을 가기로 했다. 우리는 택시를 잡아타고 온천을 가자고 말하고 싶었다. 그러나 생비루와 마찬가지로 따뜻할 온溫과 내 천川은 알겠는데, '온천'의 일본 발음을 알지 못했다. 일본 택시 운전기사는 계속 백미러를 통해 친절한 눈웃음을 지으며 우리만 바라보고 있었다.

한자까지 쓸 능력도 안되고 마땅한 묘안이 떠오르지 않아 나는 온몸으로 표현을 해야겠다고 마음먹었다. 그래서 택시 뒷좌석에 등을 최대한 편하게 대고 축 늘어진 표정으로 '으~~~~~~~' 이러면서 신음소리를 내었다. 그러자 놀랍게도 택시 운전기사가 "아! 온센" 이러면서 바로 택시를 출발시켰다. 그리고 정말로 우리를 온천으로 데려다 주었다. 다만, 우리가 여행 전 검색해서 알던 온천이 아니고, 정말 현지인들만 아는 그런 온천인 듯했다.

언어가 통하지 않아도 여행은 여행이라 좋을 수 있다는 걸 새삼 느꼈다. 그리고 술과 함께라면 모든 이들이 친구가 될 수 있다는 것도 느끼게 되었다.

일본에 다시 가게 된다면 이제는 자신 있게 생맥주를 주문할 때 '나마비루'라고 멋지게 외칠 것이다. 아주 큰 소리로, 당당하게 "나마비루 구다사이!" 그리고 생선구이 정도는 미리 일본말로 배워가서 주문을 해야겠다. 그리고 포장마차 갈 일이 있으면 이번엔 더 큰 잔으로 완샷을 때려서 한국인의 술 사랑을 한껏 보여줘야겠다.

23

막걸리 학교 36기 반장입니다

놀라신 분들도 있을 것이다. 막걸리 학교라고? 그렇다. 막걸리 학교가 있다. 심지어 졸업생도 무척 많다. 입학 신청한다고 무조건 다 받아주는 학교가 절대 아니다. 경쟁률이 장난 아니게 높다. 나는 36기 졸업생이었고 하물며 반장이었다.

술을 좋아해서 입학했다. 그런데 교과 과정이 생각보다 쉽지 않았다. 막걸리를 직접 만들어 마시기도 하고, 막걸리에 대한 이론부터 다양한 것들을 공부한다. 그래도 재미있었다. 지금까지 다녀본 내 인생의 모든 학교 중에서 가장 즐겁게 공부한 곳이다.

36기에는 재미있는 동기들이 많았다. 나이도 20대부터 60

대까지 다양했고, 직업도 공무원부터 자영업자, 회사원, 학생, 가정주부까지 각양각색이었다. 36기 동기들이 자신만의 술집을 차린 경우도 많다. 지금도 가끔 동기 술집에 가서 한잔씩 한다. 이 얼마나 행복한 일인가!

36기 총무를 맡았던 분은 산본에서 '산본 별주막'이라는 술집을 운영하고 있다. 막걸리 종류도 다양하고, 안주도 엄청 많다. 가끔 총무님이 직접 막걸리를 담그기도 하는데 이건 정말 꼭 먹어봐야 한다. 웬만한 시중 판매용 막걸리보다 백배는 맛있다. 혹시 산본 근처에 사는 분이 계시면 한번 가보길 추천한다.

막걸리 학교의 정규수업은 보통 일주일에 두 번, 저녁 7시에 시작해서 9시 30분쯤에 끝난다. 원래 술 만드는 것 보다 마시는 걸 더 좋아하는 우리 기수는 정규수업이 끝나고 나면 언제나 뒤풀이 수업을 다시 시작했다. 막걸리 학교 근처에서 매번 다른 술집으로 옮겨 다니며 새벽 2~3시가 넘어서까지 마셨다. 사실 막걸리보다는 인생에 대해서 더 많이 배운 시간이었다.

세상에는 술의 종류가 참 다양하고 많기는 하지만, 나는 막걸리가 그중에서 가장 진실된 술이라고 생각한다. 막걸리를 빚을 때 들어가는 것은 오직 물과 누룩, 쌀뿐이다. 아참, 하나 더 있다. 빚는 사람의 정성! 같은 재료라도 누가 빚느냐에 따라 맛이 다르다. 그것이 손맛이고, 술에 대한 정성의 맛이다. 막걸리를 발효할 때는 온도와 날씨의 영향을 많이 받는다. 그래서 매번 같은 맛의 막걸리가 나올 수가 없다. 이 얼마나 오묘한 진리인가.

내가 좋아하는 막걸리 중에 'S' 막걸리가 있다. 단맛은 전혀 없고 드라이한 맛이 최고인 막걸리이다. 아마 우리나라 막걸리 중에 호불호가 가장 강력한 막걸리일 것이다. (심지어 우리 형님은 이 막걸리를 마시고 행주 빤맛이라고 했다.) 막걸리 라벨에 '장인'이라고 적혀서 유통되는 국내 유일한 막걸리이다. 막걸리를 빚으려고 쌀농사까지 지을 정도이다.

한번은 어떤 사람이 S 막걸리 대표에게 전화를 걸어 맛에 대해 불평을 했다고 한다.

"이번 막걸리는 맛이 왜 이래요? 저번과 좀 다르네."

그러자 S 막걸리 대표는 이렇게 말했다고 한다.

"매해 생산되는 쌀이 그해 날씨와 온도, 습도와 하물며 빚는 사람에 따라 달라지는데 그 쌀로 빚은 막걸리 맛이 항상

같을 수가 있겠습니까?"

이 얼마나 영롱한 대답인가? 막걸리에 대해서 한 치의 물러섬도 없다.

밭에서 열심히 일하고 김치 한 젓가락에 막걸리 한 잔이면 세상 부러울 게 없다. 등산 가서 정상에서 김밥에 마시는 막걸리는 산에서 내려다보이는 모든 것이 내 것이 될 정도의 맛이다. 그리고 산에서 내려와 버스 정류장 옆 시장에서 할머니가 지져주는 파전에다 마시는 막걸리 한 잔의 맛은 또 어떠한가! 좁아터진 자리에서도 자기가 가진 묵무침을 덜어서 건네주면 처음 본 사이인데 바로 친구가 된다. 쉬는 날 비라도 올라치면 감자를 채 썰어 감자전을 만든다. 여기에 막걸리 한 잔이면 그곳이 바로 천국이 된다.

굳이 와인과 막걸리를 두고 하나를 고르라고 한다면, 나는 우리 땅에서 나는 재료로 우리 아저씨와 아줌마가 담근 막걸리를 고르겠다. 한국의 맛이자, 엄마의 맛이 느껴져서 그렇다. 투박한 플라스틱 병에 아이보리 색깔의 오묘한 빛깔을 가진 술은 세상 어디에도 없다. 막 마시고, 바로 걸러서 만든 막걸리. 이름 또한 얼마나 솔직하고 담백한가!

내가 좋아하는 막걸리 중에 지리산 중턱에서 만드는 막걸리가 있다. 시어머니한테 배운 막걸리를 며느리가 대를 이어 만들어 상업화했다. 막걸리도 빚고 지리산 중턱에서 민박집도 한다. 그 민박집에서 지리산에 걸린 달을 보며 그 집 막걸리를 마시다 보면, 내가 신선인지, 사람인지 헷갈리게 된다. 막걸리의 이름은 또 얼마나 멋진지!

달빛 아래 광대한 지리산 산등성이를 바라보면서 마당 평상에서 풋전(전라도에서 주로 먹는데 부추가 메인이나 오징어나 방아잎 등 주방에 남아도는 채소로 짧은 시간에 지져내는 전 종류)과 김치 몇 점과 함께 마시는 막걸리 맛은 평생 잊기 힘들다.

벚꽃 날리는 4월의 아침, 민박집 사립문을 열면 아침 새소리와 함께 지리산이 안부 인사를 하고, 빨간 라벨의 빈 막걸리 병들이 평상 위에서 늦잠을 잔다.

막걸리를 다양하게 즐기는 방법 중에 여러 가지 막걸리를 섞어 마시는 방법도 있다. 단맛과 무감미료, 신맛과 드라이한 맛, 바디감이 많은 막걸리와 가벼운 막걸리를 다양하게 섞어서 마시면 세상에 하나밖에 없는 막걸리를 창조해서 마시는 셈이다.

어느 술이나 그렇기는 하지만 막걸리 맛의 80%를 좌우하는 건 마주 앉은 사람이다. 누구와 함께 술을 나누고, 누구와 함께 인생을 논하는지가 중요하다. 제철 음식과 함께 아무 잔이나 개의치 않고 막걸리를 '꼴꼴꼴' 따라서 함께 잔을 부딪치면, 그 순간 조금 삶이 퍽퍽해도 괜찮다고 느껴진다. 이런저런 팍팍한 인생살이도 노랫소리로 들린다. 그리고 아내의 잔소리도 들을 만하게 된다. 어쩌다 친구한테 돈 떼여도 그날만은 참을만하다.

한참 회사가 힘들고 내 인생의 방향을 찾지 못할 때, 막걸리 학교를 찾았다. 그 학교에서는 나이는 물론이고 직업이나 성별, 인생의 어떤 고민도 묻지 않았다. 그저 술이 좋고 사람이 좋아서 온 사람들이었다. 새벽까지 함께 어울려 술을 마시면서 나는 한 걸음씩 회사와 멀어질 수 있게 되었다.
마침내 오랫동안 망설였던 퇴사를 하게 되었고, 나만의 자유를 찾아 새로운 여정을 시작할 수 있게 되었다. 그리고 이렇게 술 이야기로 두 번째 책을 쓸 수 있게 해주었다. 이 모든 것이 막걸리 학교에서 시작된 일이다. 긴 술 이야기였지만, 결국 인생 이야기가 아닌가 싶다.

나는 사람들에게 항상 입버릇처럼 이야기한다. 내가 사는 이유는 오랫동안 친한 지인들과 함께 좋은 술과 제철 음식을 먹기 위해서라고. 그들과 함께 술을 마실 때는 가능하면 내가 사려고 한다. 그러기 위해서는 돈도 많이 벌어야 한다. 그래서 이 책도 많이 팔려야 한다. 무엇보다 내가 건강해야 한다.

할 수 있겠느냐고? 글쎄다. 한 번뿐인 인생인데 한 가지라도 잘하고 살면 좋지 않겠는가. 막걸리 학교에서 배운 내공으로 남은 인생 거침없이, 막걸리처럼 한번 살아보려고 한다.

24

살을 빼면 금을 준다고?

살면서 딱 한 번 술을 끊은 적이 있다. 두바이에 머무르고 있을 때였다. 어느 날 김여사가 미친 듯이 뛰어와서 나에게 신문 기사를 보여주었다. 신문엔 이렇게 적혀 있었다.

'두바이 한 달에 2Kg 살 빼면 순금 2g 지급'

(2013년 7월 24일 두바이 한인 신문)

뭐라고? 살을 빼면 금을 준다고? 중동 국가가 비만 인구가 많기는 하다. 아무리 그래도 그렇지, 살을 빼면 금을 준다니! 김여사는 신문 기사를 보여주면서 만화 주인공 '캔디'처럼 반짝반짝한 눈으로 나를 쳐다보았다. 반드시 살을 빼서 금을 받아오라는 신호였다.

나 역시 이 놀라운 소식에 흥분을 감추지 못했다. 더구나 자국민뿐만 아니라, 거주 비자를 가진 모든 사람이 참가할 수 있었고 살만 빼면 금을 준다고 했다. 아! 뭐 이런 나라가 있어. 나는 당장 참가 신청을 하러 갔다. 시작 전에 체중을 재고, 감량 후 체중을 재서 감량한 만큼의 금을 준다.(단, 최소 2kg 이상은 감량해야 하며 1kg당 1g 수준의 금을 준다.)

나는 처음 체중을 잴 때 최대한 많이 나오게 하려고 꼼수를 부렸다. 바지를 두 벌 껴입고 상의를 몇 개 겹쳐 입었다. 바지 주머니와 상의 주머니에 자동차 키와 휴지, 굳이 넣지 않아도 될 사탕까지 집어넣었다. 거기다가 가장 무거운 신발까지 장착하고 체중측정실로 들어갔다. 혹시나 겉옷과 신발 등은 모두 벗으라고 할 줄 알았는데, 웬걸 그냥 측정했다. 이런 행운이 있나!

몸무게는 91.2kg이 나왔다. 7월 19일부터 8월 16일까지 약 한 달간 살을 뺀 후에 금을 받아가는 시스템. 참 쉽다. 빼기만 하면 된다. 그때는 너무나 쉬워 보였다. 난 정말 10kg 정도는 쉽게 감량할 수 있을 것으로 생각했다. 10kg만 빼면 10g의 금을 받는다!

과연 한 달 후 그 결과는? 놀랍게도 마지막 날까지 다이어트에 성공한 사람은 많지 않았다. 사람들이 금을 좋아하긴 하지만 식습관과 버릇을 바꾼다는 건 생각보다 어려운 일이었나보다. 그러나 나는 달랐다. 내가 누구인가? 나는 눈물을 머금고 술을 끊었다. 거의 매일 퇴근 후에 냉장고를 열어 맥주를 꺼내고, 골뱅이에 소면을 버무려 20층 아파트에서 두바이 야경을 내려다보며 한잔하던 그 일을 멈춘 것이다. 내 인생에서 처음 있는 일이었다. 나조차도 생경할 정도였다.

그러나 이상한 일이 발생했다. 술을 입에 대지 않으면 하루 이틀 사이에 드라마틱하게 체중이 줄어들 줄 알았는데, 전혀 수치가 변하지 않는 것이다. 뭐야? 설마 술이랑 체중이랑 아무 상관도 없는 거였어? 그랬다. 술을 전혀 마시지 않고 3일이 지났는데 체중은 90kg 언저리에서 내려가지 않았다. 그때 큰 깨달음을 얻었다. 술은 체중과 아무런 상관이 없다는 것을!!!

금을 받기 위해서는 운동을 해야 했다. 그래서 두 눈을 꼭 감고 헬스장으로 향했다. 반바지에 티셔츠 한 장과 수건 하나를 들고 러닝머신에서 뛰기 시작했다. 지루한 반복이었다. 뛰면서 TV를 보거나 음악을 들어도 같은 자리에서 뛰는 일은 정말 고역이었다. 그렇게 운동을 2주 넘게 했다. 물론 술도 입에 대지 않았다.

그랬더니 체중 앞자리 숫자가 바뀌었다. 89kg에서 다음 날은 88kg으로 바뀌었다. 오오!!! 이런 속도면 금 100g 정도는 받을 수 있을 거 같았다. 이 정도 금이면 회사를 때려치워도 될 거 같았다. 온갖 상상을 했다. 온 가족을 두바이로 불러서 페라리를 타고 '팜 쥬메이라(두바이의 유명한 관광명소로 바다를 메워서 야자수 모양의 땅으로 만들었다)'을 돌아보는 상상을 했다. '버즈 알 아랍 호텔(두바이에 배 돛을 형상화한 가장 유명한 호텔로 1박에 200만 원에서 1,000만 원 정도 한다)'에서 함께 놀면서 맛있는 걸 먹는 꿈을 꾸었다.

그렇게 행복한 상상과 죽음 같은 운동을 반복하고, 드디어 체중을 측정하는 역사적인 날이 왔다. 처음 측정하던 때와 달리 내가 가진 옷 중에 가장 가벼운 옷을 입었다. 분명 입고는 있지만 느껴지지도 않는 바지와 어깨가 다 드러나는 민소매 티를 입고, 심지어 체중계 위에 신발까지 벗고 올라갔다. 체중계의 바늘이 주르륵 돌아가더니, 85.6kg에서 멈췄다. 체중 감량 5.6kg. 금 5.6g! 금 한 돈 중량이 3.75g이니 무려 2돈가량의 금을 타게 된 것이다.

눈물이 날 거 같았다. 물론 처음 체중 잴 때 내가 착용했던 신발과 옷까지 합하면 사실 실제 감량한 건 별로 되지 않을 것 같기는 하다. 하지만 이게 어딘가! 살도 빼고 금 2돈도 받다니. 살을 빼서 건강해지는 것보다 금을 받았다는 것이 너무 행복했다. 무엇보다 거의 한 달간 술을 마시지 않은 나 자신이 너무나 대견스러웠다. 김여사가 의기양양한 표정으로 다가오더니 금을 달라고 손을 내밀었다.

우리는 금을 받아서 아는 동생네로 향했다. 자랑도 해야겠고, 그동안 빠진 살을 보충해야 할 때라고 생각했다. 아까운 내 살! 동생은 당시 두바이에서 M제지 주재원으로 있었는데 역시나 술을 좋아해서 자주 만났다.

동생이 거주하던 'Wafi Mall 레지던스'로 달려가서 금을 보여주었다. 동생은 축하의 의미로 술을 꺼내주었다. 다이어트 후 내가 마신 첫술은 영국 맥주의 대명사 'Foster's'였다. 파란 라벨에 강렬한 'F'. 나는 그동안 금주한 세월을 보상하기라도 할 것처럼 미친 듯이 들이부었다. 콸콸콸!!! 목구멍을 최대한 열어젖히고, 마치 양동이에 물을 받듯이 마셨다. 금도 받았겠다. 안주도 필요 없다. 오늘은 나의 날이다! 그렇게 마시고 역시나 기억이 사라졌다.

다음 날 아침, 김여사가 충격적인 이야기를 했다. 전날 밤, 내가 술에 취해서 동생에게 '내가 받아온 금을 줄 테니 집에서 가장 비싼 술을 꺼내 와라!'라고 제안을 했고, 결국 동생은 본사 임원에게 선물하려고 곱게 모셔둔 '사이프러스' 화이트 와인을 꺼내왔다. 나는 그걸 병째로 벌컥벌컥 마시다가 거실에서 쓰러졌다고 한다. 중요한 건 금도 주지 않았다는 것이다. 그 동생은 아직도 그때 이야기를 한다.

"형님은 비싼 와인은 절대로 마시면 안 돼요. 목을 뒤로 제치고 벌컥벌컥 부어서 드실 거면 제일 싼 술로 드세요. 술이 너무 아까워요."

귀한 술이 있다. 그러나 술보다 더 귀한 건 사람이다. 좋은 사람과 있을 때 좋은 술을 꺼내오는 것만큼 귀한 대접이 없다. 싸구려 술이라도 상관없다. 어디에서 마시고, 누구랑 마시느냐가 중요할 뿐.

두바이에서 받은 금은 한국 복귀해서 종로 금 도매상에 가서 팔았다. 당시에 현금이 없어서 가진 금을 모아서 팔았는데, 처음 들른 집에서 g당 5만 원에 쳐준다고 해서 몽땅 팔고 무척이나 뿌듯해했다. 그런데 그 옆에 가게에 가니 g당 5만2천 원에 해준다고 해서 깜짝 놀랐다. 더 놀란 건 종로 귀금속 뒷골목에 있는 금방에 들어가서 물어보니 g당 5만 8천 원에 해준다는 것이었다.(전문용어로 눈탱이 맞은 것이다!) 화가 나서 경찰서에 신고할까 잠시 고민까지 했었다. 하지만 결국 나의 어리숙함을 탓하며 종로에서 또 술을 잔뜩 퍼마셨다.

지금 생각하면 그냥 금도 아니고, 두바이에서 힘들게 살 빼서 받은 금이었는데 잘 모셔두었으면 더 가치가 있지 않았을까 하는 생각이 든다. 한편으로는 내가 판 금을 누군가가 싸게 사서 어디 좋은 곳에 사용했을 것이라고 믿고 싶다. 내 살과 바꾼 그 금덩이는 과연 어디로 갔을까?

25

케냐 마사이 부족과 절친 되는 법

케냐와 탄자니아 국경을 걸쳐서 전 세계에서 알아주는 국립공원이 있다. 야생 동물의 천국이자 전 세계 여행객들이 사파리 여행을 하러 모여드는 곳이다. 이곳은 케냐의 수도인 나이로비에서 차로 6~7시간 가야만 도착할 수 있다. 현지에 도착하면 변변한 숙소가 없어서 대부분 대형 텐트(현지에선 '롯지'라고 한다)에서 머물러야 한다. 말이 텐트지, 사실 안에 모든 기본 설비가 갖춰져 있는 나름 고급 천막이다. 도마뱀이 천막 안을 휘젓고 다녀서 김여사가 계속 비명을 지르기는 했지만.

사파리는 정해진 경로가 없다. 천장이 뚫린 봉고차를 타고 사파리 공원을 배회하다가 Big5(사파리 할 때 꼭 봐야 하는 동물 다섯 가지로, 사자, 표범, 코끼리, 버팔로, 코뿔소를 말한다)를 만나면 근처 봉고에 연락해서 동 시간대에 사파리 투어를 하는 관광객들이 모두 함께 보는 시스템이다. 놀라운 건 한 번도 나타나지 않던 사자가, 관광 가이드가 여기서 기다리면 되겠다고 하면 잠시 후에 신기하게도 정말 사자가 나타난다. 그것도 덤불 속에 있다가 갑자기 '쑥~'하고 나타난다. 시간이 지나면서 혹시 사자들이 아르바이트를 하는 것이 아닐까 하는 의심마저 들었다.

사자들이 귀에 소형 이어폰을 끼고 덤불에 숨어있다가 가이드가 어디쯤으로 나오라고 연락하면, 마치 우연인 듯 나타나 주는 게 아닐까 싶었다. 저녁에 관광객이 모두 돌아가면 가이드와 사자가 모여 그날 일당을 정산하지 않았을까? 사자는 염소 세 마리를 달라고 하고, 가이드는 세 마리는 안 된다고 두 마리만 받으라면서 서로 실랑이를 하는 재미있는 상상을 해본다.

보통 사파리 투어를 하게 되면 일정에 마사이 부족의 전통 마을도 가게 된다. 오랜 전통을 유지한 마사이 부족의 거주 부락을 둘러보고, 마사이 부족을 만나서 가벼운 인사나 사진도 찍는 그런 관광코스이다. 옛날의 전통을 유지한 것도 놀랍지만 집 자체가 소똥과 흙으로만 지었다는 것이 대단하게 보였다. 그 안에서 사람이 산다는 건 더 대단하게 보였다.

마사이 부족은 대체로 삐쩍 마른 체형에다 키가 2미터 가까이 된다. 주로 빨간색이나 강렬한 색감의 옷을 입고, 온몸에 과한 치장을 한다. 마을 안에서는 창까지 들고 돌아다닌다. (맞다. 우리가 익히 들어 알고 있는 그 창이다. 다행히도 독침은 안 들고 있었다)

나는 김여사와 마사이 부족이 함께 있는 사진을 찍고 싶었다. 마사이 부족은 키가 거의 2미터에 가깝고, 김여사는 거의 1.5미터(본인은 언제나 180은 안 된다고 말하고 다닌다)이다. 마치 영화 '반지의 제왕'에 나오는 간달프와 호빗족을 보는 느낌과 비슷하다. 그 역사적인 장면을 꼭 남기고 싶었다.

놀랍게도 마사이 부족은 영어가 통했다. 흔쾌히 김여사와 사진을 찍겠다고 했고, 더 놀랍게도 들고 있던 창까지 김여사한테 주며 적극적으로 찍자고 했다. 나는 이 광경을 놓칠까 봐 디지털카메라로 엄청나게 셔터를 눌러댔다. 당시에는 핸드폰보다 디지털카메라가 더 유행이던 시절이었다.

사진 몇 장을 돌려보면서 흡족해하는 나를 보고 마사이 부족이 자신도 사진을 보여달라고 했다. 나는 카메라로 찍은 사진을 보여주었다. 마사이 부족은 너무나 좋아했다. 나는 함께 찍은 사진을 보내주고 싶은데 어떻게 하면 받을 수 있는지 물어보았다. 마사이 부족은 상상 밖의 대답을 했다.

"Send me photos with 마사이@google.com"
(실제 이메일 주소를 잊어버려서 임의로 지어낸 메일주소이다)

그리고는 나와 친구 하자며 핸드폰 번호를 묻더니 옷 사이에서 자신의 핸드폰을 꺼냈다. 심지어 아이폰이었다!!! 나는 엉겁결에 내 번호를 알려주고 그 자리를 떠났다. 마사이 부족 마을을 벗어나면서 아무래도 마사이 부족과 사자 모두 '알바'라고 굳게 믿게 되었다.

그날 밤, 숙소로 돌아와 케냐 로컬 맥주인 터스커Tusker(아프리카 스와힐리어로 '코끼리'의 뜻을 가진 라거 계열의 맥주)를 잔뜩 마시고 잠이 들었다. 그리고 꿈에서 사자와 마사이 부족이 하루 일과를 마쳤다고 내 옆 롯지에서 함께 터스커 맥주를 마시며 낄낄대는 꿈을 꾸었다. 섬뜩했지만 한편으로는 알바치고는 참 괜찮을 거 같다는 생각을 했다.

사파리를 가실 계획이라면 이것만은 꼭 염두에 두길 바란다. 사파리 중 사자가 나타나서 마치 본인 사진을 찍으라는 듯한 행동이나 표정을 보이면, 혹시 재들은 알바가 아닐까 의심해 볼 필요가 있다. 심지어 사자가 가족까지 대동하는 경우도 있다. 굳이 이 길을 그렇게까지 느릿느릿 걸을 필요가 없는데도 사자 가족은 그렇게 걸었다. 봉고 앞까지 와서 아기 사자를 떠밀어서 사진 찍으라는 듯한 그런 모습이었다.

그러면 모른 척하고 열심히 사진을 찍어주자. 알바든 아니든, 열심히 사는 것은 맞으니까. 그리고 마사이 부족을 만나면 바로 인스타 계정을 물어라. 아마 팔로워가 십만은 넘을 것이다. 어쩌면 당신보다 인터넷 우위에 있음을 확인하게 될지도 모른다.

아프리카의 밤을 이불 삼아 터스커 맥주 한 잔 마시면서 밤하늘을 바라보면 참 잘 왔다는 것을 느낄 것이다. 한편으로는 한국의 집이 사실 가장 포근하고 안락한 곳이라는 생각이 들 것이다. 그때 문득 누군가가 떠오른다면 그 사람이 당신이 사랑하는 사람이다. 그 사람에게 사랑한다고 문자를 남겨도 용서받을 수 있다. 왜냐면 그곳은 아프리카니까!

TUSKER
MOON

나가며

47살. 짧으면 짧고, 길면 긴 인생이었다. 술과 함께 많은 이들을 만났고, 많은 일이 있었다. 지나고 보면 추억이지만 당시에는 아찔한 일도 많았다. 다행히 주변 사람들의 도움으로 아직까지 무사하다. 이 정도면 술을 줄이고 정상적인 삶을 살아야 하는데 아직도 주야장천 마시고 있다. 지금은 코로나19[Covid19] 때문에 집에서 주로 마시기는 하지만.

요즘도 취하면 술기운을 빌려 가족이나 보고 싶었던 친구들에게 전화를 걸어 안부를 묻는다. 술을 마셔서 가장 좋은 건, 취하면 삶에 대해 조금 더 긍정적인 에너지가 생긴다는 것이다. 또 평소에는 생각하지 못했던 아이디어가 폭발하기도 한다. 물론 가끔 굳이 하지 않아도 될 이야기를 하거나, 민망한 이야기를 해서 밤마다 이불킥을 하는 경우도 많다.

이 책에 의도치 않게 등장해서 놀란 분도 계실 것이다. 혹여 당시의 일로 인해 상처를 입을까 걱정되기도 하지만, 본인만 빼고 아무도 모른다는 걸 알려드리고 싶다.

오래도록 맛있는 술과 음식을 좋은 사람들과 나누고 싶다. 지금까지 내가 술을 놓지 않는 이유다. 그렇게 내 인생을 누리고 싶다.

이 책을 그동안 내가 마신 술들과 김여사와 탄이, 그리고 내가 좋아하는 술친구들에게 바친다. 2022년이 온전히 그대들의 것이 되길 바란다.

26

끝난 줄 알았지? (김여사 번외 편)

책 초안을 넘기고 이제 나의 손을 떠났다고 신나서 지인들과 술자리를 만들었다. 안주는 이제 막 담근 김장김치와 삶은 수육, 그리고 생굴이 가득 찬 김칫소. 막걸리 4병을 사 들고 지인네로 쳐들어갔다.

지인 부부는 3일 전에 대장내시경을 해야 해서 병원 가기 전날부터 금식을 했는데, 대장에서 용종이 발견되는 바람에 그 다음날까지 연이어 금식을 하게 됐다고 한다. 내가 방문했을 때는 이틀이나 금식을 해서 식인종에 가까운 식욕이 폭발하고 있을 때였다. 나 또한 책 출간으로 극도로 예민해져서 술을 먹어야 진정되는 드라큘라 같은 심정이었다.

이런 아귀 같은 선수들이 모여 술을 먹다 보니 수육은 금방 바닥이 났고 막걸리 4병도 순식간에 비워졌다. 그렇게 술자리가 이어지던 중, 김여사가 갑자기 술잔을 테이블에 탁! 내려놓더니 한마디 했다.

"『개와 술』에 내 이야기도 들어갔으면 좋겠어."
"이야기 대부분이 너 이야기야."
"그런 이야기 말고 진짜 내 이야기."
"뭐? 어떤 이야기?"

김여사는 자신이 이번 책에 기여한 게 얼마나 많은데 정작 본인의 이야기가 하나도 없다며 서운해했다. 물론 김여사가 책 곳곳에 등장하기는 하지만, 독자 입장에서는 김여사가 누군지도 잘 모를뿐더러 김여사의 정체를 궁금해하지 않겠냐는 것이었다. 나는 말도 안 되는 논리라고 받아쳤다.

그러자 김여사는 무시무시한 말로 나를 협박했다. 책에 자신의 이야기를 넣지 않으면 내일 해장국은 기대도 하지 말 것이며, 만취한 다음 날에는 피자를 시키겠다고 했다.

그래서 어쩔 수 없이 '나오며' 뒤에 영화의 쿠키 영상처럼 김여사 이야기를 추가하기로 했다. 영화 '식스 센스' 급 반전까지는 아니지만, 책을 사본 사람만이 알 수 있는 마지막 반전이자 재미로 남겨두고 싶다. 그러니 책을 이미 읽은 독자들은 부디 이 사실을 어디에도 스포하지 마시길 부탁드린다. 어쩌면 이 책에서 김여사의 이야기가 제일 재미있을 수도 있으니 말이다.

지금부터는 김여사가 직접 경험한 술 이야기다. 자, 그럼 이제 김여사의 이야기가 시작된다.

어디서 오뎅 냄새 안 나?

겨울이었다. 오뎅바가 대 유행하던 시기였다. 지독히도 추웠고, 지독히도 회사가 힘들 때였다. 스트레스 풀기 가장 좋은 방법은 언제나 동료들과의 한 잔뿐이었다. 그러던 중에 회식이 있는 날이었다.

1차는 언제나 그렇듯 삼겹살에 소맥을 먹다가 임원이 떠들면 직급대로 앉아서 주거니 받거니 하게 된다. 그러다가 '노래 한 곡 하고 갈까?'라는 임원 말에 우르르 2차로 노래방을 따라간다. 임원이 트로트를 부르면 너 나 할 것 없이 모두가 군무로 보답했다. 하지만 취한 과장 한 명이 팝송을 부르면 직급 낮은 직원들은 우루루 밖으로 나가서 담배를 피웠다.

나는 애창곡인 김완선의 '오늘 밤'을 불러 잠시 남자 직원들이 외투를 벗어 흔들게 했다. 그러면 2차도 깔끔하게 마무리된다. 이미 만취한 몇몇 사람과 집이 멀어서 대중교통이 일찍 끊기는 사람은 먼저 집으로 돌아가고, 아무래도 한 잔 더해야겠다는 사람들만 남았다. 누군가가 새로 생긴 오뎅바에 가자며 3차로 이끌었다. 오뎅바는 지하에 있었는데, 아늑하다는 느낌이 들었다. 추워서 더 그랬는지도 모르겠다. 아늑하고 따뜻해서 나도 모르게 소주를 연거푸 들이켰다.

당시 부서에는 서류 작업하는 직원이 둘밖에 없었다. 원래는 6명 정도 있었어야 했다. 야근이나 철야 개념조차도 없던 시절이었다. 해야 할 일이 있으면 시간과 상관없이 그냥 남아서 계속 일을 하는 것을 당연하게 생각했다. 새벽 3시까지 일하고 퇴근해서 씻지도 못하고 다음 날 아침에 부랴부랴 출근하면, 부장은 "왜 이리 피곤해 보여?"라며 헛소리를 해서 나를 어처구니없게 만들곤 했다.

부장은 하루 종일 연필만 깎던 사람이었다. 자기는 연필로 보고서를 점검해야 잘 보인다나 뭐라나. 내가 들었던 말 중에 가장 개소리였지만 당시 부장은 엄청난 직급이었다. 부장의 하루 일과는 딱 두 가지였다, 오전은 신문 보기, 오후는 연필 깎기. 이 두 가지만 하는데도 부장까지 진급한다는 게 정말 신기할 정도였다.

그렇게 매일매일 어이없고 놀라운 일들로 가득할 때였다. 그래서 언제나 스트레스가 머리끝까지 차올랐고, 그 스트레스는 타이머를 맞춰둔 폭탄처럼 항상 '째각째각'거리고 있었다. 그래서 오뎅바에서 나도 모르게 폭주를 하면서 과음을 했다. 그리고는 역시나 새벽 3시가 다 되어서 귀가를 했다.

다음 날 아침, 머리는 깨질 듯하고 온몸은 누군가한테 맞은 것처럼 욱신거렸지만, 연차나 하루 휴가는 언감생심 절대 불가능하던 시절이었다. 택시를 타고 꾸역꾸역 출근했다. 속은 울렁거리고, 머리는 어질어질했다. 사무실 근처 약국으로 뛰어가서 가장 효과 좋은 숙취해소제를 달라고 했다. 그리고 벌컥벌컥 마시고 알약을 삼키고 마치 아무 일도 없었다는 듯이 사무실로 들어갔다.

부장은 여전히 신문을 보면서, 나를 힐끗 보더니 시계를 확인하였다. 저 인간도 같이 술 마셨는데 이렇게 일찍 나오다니. 역시 부장은 아무나 되는 건 아닌 것 같다는 생각이 들었다.

자리에 앉아 컴퓨터 전원을 켜고 업무 모드로 돌입하려는데, 좀 전에 먹은 숙취해소제가 온 내장을 뒤흔들었다. 식도부터 타고 내려가던 약이 중간중간 잠자고 있던 술들을 깨워서 위, 아래로 내보내는 듯한 느낌이었다. 심한 구토감이 차오르기 시작했다. 더 있다가는 사무실 컴퓨터에 토할지도 모른다는 불길한 느낌이 들었다.

나는 바로 입을 틀어막고 재빨리 화장실로 대피했다. 다행히 화장실 좌변기에 도착하자마자 '펑!'하고 터져 나왔다. 어제 3차에서 먹은 음식들이 다 쏟아져 나왔다. 걱정이 될 만큼 온갖 것들이 미친 듯이 쏟아져 나왔다. 비워내고 나니 오히려 속이 편안해졌다.

세면대에서 퀭한 눈을 보면서 다시는 오뎅바에 가지 말아야겠다고 다짐했다. 3차도 가지 말아야지. 내가 미쳤지. 거길 왜 갔을까? 그리고 아무 일도 없었던 것처럼 사무실로 돌아갔다.

이제 정말 마음 잡고 일해야겠다. 모니터를 보고 있는데 갑자기 예상하지 못한 상황이 벌어졌다. 맞은 편 계장님이 갑자기 코를 킁킁거린다. '저 인간은 또 왜 저러는 거야? 어제 회식도 안 왔으면서.' 그런데 잠시 후, 계장님이 한마디 한다.

"어디서 오뎅 냄새 안 나? 아~ 배고픈데 오늘 점심에는 오뎅탕이나 먹을까?"

올림픽대로에 '벤 존슨'이 왔다던데?

부서 임원 가족상喪이 있었다. 사무실은 강남 삼성동인데 장례식은 목동 병원이었다. 당시에는 임원과 관련된 상이라면 임원이 키우던 강아지가 죽었더라도 직원들은 무조건 다녀가야 하던 말도 안 되는 시절이었다.(아마 요즘도 그러지 않을까 싶다.) 나와 동료들은 퇴근 후에 목동으로 향했다. 그 정도 먼 거리이면 오후 3~4시쯤 일찍 출발하면 좋았을 텐데, 왜 항상 퇴근하고 가야 하는 건지 아직도 이해를 못 하겠다.

병원 장례식장은 인산인해였다. 대기업 임원의 가족상이 아니라, 양천 구민 행사인 듯했다. 사람보다 화환이 더 많았다. 화한 대신 돈으로 받아도 내 연봉은 될 것 같았다. 먼저 가 있던 직원 중 한 명이 장례식장의 신발을 놀랍도록 가지런히 정리하고 있었다. 사무실에서는 본인 책상도 정리 안 하는 인간이어서 더욱 신기했다.

나와 직원들은 고인故人의 영정을 제대로 보는 둥 마는 둥 하고 임원에게 얼굴도장을 찍자마자 우르르 몰려나왔다. 이럴 땐 또 얼마나 단결이 잘되는지! 부장은 재빨리 '사람이 너무 많아 자리가 없으니 저희가 먼저 일어나 보겠습니다.'라고 말했다. 누가 봐도 빨리 가고 싶다는 뜻이었다. 이것이 바로 부장으로 승진할 수 있었던 남다른 센스일까? 우리는 부장 덕분에 장례식장에서 빨리 나올 수 있었다.

우리는 젊은 친구들끼리만 목동 백화점 지하에서 근사한 저녁을 먹고 싶었다. 그런데 장례식장에서 나오자마자 부장이 이렇게 말하는 것이 아닌가.

"여기 예전에 한 번 와봤는데 맛이 끝내주는 횟집이 있어. 거기 가서 한잔 어때?"

부장의 말을 듣자마자 차장, 과장이 모르모트(실험용, 애완용 쥐)처럼 나섰다. '역시 부장님이십니다.', '예약할까요?', '부장님 가방 이리 주십시오.' 여직원들의 의사는 들어보지도 않고 일행은 이미 횟집으로 가고 있었다.

사무실 근처를 벗어나 모처럼 이런 곳에 오면 '여직원들은 어디 가서 식사하고 들어가.' 이럴 법도 한데, 그런 것은 세상 어디에서도 가르쳐주지 않는다. 한강에서 잡은 물고기로 회를 파는 게 아니라면, 왜 굳이 목동에서 회를 먹어야 하는지 이해가 되지 않았다. 어쩔 수 있나. 가라면 가고, 오라면 오는 것이 당시에는 말단 직원들이 할 수 있는 유일한 일이었다.

나는 횟집에서 소심한 복수를 시작했다. 비싼 회를 잔뜩 시킨 것이다. 어차피 먹고 싶은 것을 못 먹는 상황이라면 비싼 것이라도 먹어야겠다는 심산이었다. 그런데 비싸서인지, 복수에 성공했다는 뿌듯함 때문인지 회 맛이 너무 좋았다. 회가 맛있으니 자연스럽게 술이 당겼다. 오늘 장례식장도 다녀왔는데, 고인의 명복을 빈다는 의미로 연거푸 술을 마시기 시작했다.

얼마나 마셨는지 정신을 차려보니 택시 안이었다. 목동에서 대치동에 있는 내 집으로 가고 있었다. 다행히 내 옆에는 뚱땡이(이 책의 저자인 쑬딴의 별명)가 함께 타고 있었다. 당시에 우리는 같은 회사에 다니고 있었고, 서로 호감을 가진 사이였다. 택시에 믿을만한 사람과 함께 있다는 사실에 안도감이 들었다.

목동에서 대치동 가는 길은 생각보다 멀었다. 평소 주량보다 소주를 많이 마셔서 속이 울렁거렸다. 그런데 올림픽대로가 이렇게 울퉁불퉁할 줄이야. 택시가 흔들리자 내 위에서 전쟁이 일어나기 시작했다. 서로 뛰쳐나오겠다고 아우성이었다.

나는 왼손으로 뚱땡이를 다급하게 때렸다. 그러자 준비한 것처럼 나에게 재빠르게 검정 비닐봉지를 내밀었다. 그리고 화장지를 들고 만일의 사태를 준비하고 있었다. 그러나 구토라는 것이 '자! 시작합시다.' 하면서 내가 원할 때, 원하는 방향으로 나오는 놈이 아니다.

그날따라 올림픽대로는 정말로 울퉁불퉁했다. 나도 모르게 퐙! 하는 소리와 함께 택시 앞 좌석 등받이에 용가리가 불을 뿜듯, 내 안의 그놈들을 뿜어냈다. 아뿔싸! 택시가 이내 급정거를 했다. 기사님이 급하게 올림픽대로 갓길에 차를 세웠다. 그 순간, 두 번째 용트림이 나오려고 준비하고 있었다. 바로 그때! 뚱땡이가 내 머리를 비닐 봉지 안으로 밀어 넣었다.

뚱땡이는 기사님께 연신 죄송하다고 사과하며 청소비와 택시비를 함께 지불했다. 그리고 나를 주섬주섬 추켜세워 택시에서 내리게 했다. 멍한 눈으로 택시에서 내리니 정면으로 번쩍번쩍한 노량진 수산시장 건물이 보였다. 그리고 뒤로는 63빌딩이 아름다운 자태를 뽐내고 있었다. 뚱땡이는 올림픽 대로 옆 덤불로 나를 데리고 갔다. 이제 자리 잡고 마음껏 토하라며 내 등을 두드려주었다.

그런데! 역시나 여자의 직감은 무서울 정도이다. 술에 취한 상태에서도 가방이 없다는 걸 느꼈다. “내 가방 어디 있어?” 어리둥절한 표정을 짓던 뚱땡이도 금세 사태를 파악했다. 그리고는 갑자기 넥타이를 휘날리며 이미 떠나간 택시를 잡겠다고 뛰기 시작했다. 당시 뚱땡이는 검고 짧은 스포

츠머리에 지금보다 훨씬 날씬했다. 슬쩍 보면 운동선수처럼 보였을 것이다.

뚱땡이는 올림픽대로를 정말 빠르게 달렸다. 나는 스포츠는 잘 모르지만, 올림픽에서 금메달을 딴 '벤 존슨'이라는 육상선수가 있다고 알고 있었다. 정말 그 밤에, 뚱땡이는 벤 존슨이었다. 뛰어가는 두 다리가 보이지 않았다. 얼마나 빠른지 잠시 후에는 그 모습이 내 시야에서 멀어져 더 이상 보이지 않았다. 뚱땡이는 포기하지 않고 택시를 쫓아갔다.

지금이나 그때나 63빌딩과 노량진 수산시장이 보이는 올림픽대로는 언제나 막히는 구간이다. 다행히 택시는 곧바로 벤 존슨에게 붙잡혔다. 택시 기사는 부정 탄 물건을 보듯이, 빨리 가지고 가라며 가방을 뒷자리에서 던져줬다고 한다.

만약 누군가 그 광경을 목격했다면 분명 그랬을 것이다. 어느 미친 직장인이 스트레스가 너무 과해서 자살 직전에 올림픽대로에서 뛰다가 차에 뛰어든 거라고. 그런데 그 미친 놈이 그렇게 간절하게 뛰어서 찾아온 가방은 립글로스와 휴대용 화장지, 머리띠 하나가 든게 전부인 싸구려였다.

우여곡절끝에 나는 지금 뚱땡이와 살고 있다. 이제는 가방을 놓고 내렸다고 하면 아마 버럭버럭 소리를 지르면서 가방을 버리라고 할 게 분명하다. 뛰기는커녕 걷는 것도 귀찮다고 구시렁대는 남자가 되어버렸다.

누군가에게는 과거가 추억이 되는 사람이 있지만, 악몽이 되는 사람이 있다. 당시에는 악몽 같은 시간이었는데, 이제는 웃으면서 이야기할 수 있는 추억이 되었다. 다행이다. 이제는 새로운 추억이든, 악몽이든 만들 자신이 없어졌다. 그런데 뚱땡이는 여전히 술 마시면서 악몽을 만들고 산다.

한숨이 나오기도 하지만 가끔 대단하다는 생각도 든다. 직장인들에게는 쉽지 않을 회사 생활을 말 한마디 없이 때려치우더니, 이제는 두 번째 책을 출간하겠다고 새벽마다 거실에 홀로 앉아 자판을 치고 있으니 말이다. 내일 아침에는 얼큰한 해장국이라도 끓여줘야겠다. 그리고 뚱땡이가 만든 악몽을 추억으로 바꾸는 일을 계속해야겠다.